Dacia Maraini

Nachforschungen über Emma B.

Dacia Maraini

Nachforschungen über Emma B.

Aus dem Italienischen
von Sigrid Vagt

Piper
München Zürich

Die Originalausgabe erschien 1993
unter dem Titel »Cercando Emma.
Gustave Flaubert e la Signora Bovary:
indagini attorno a un romanzo«
bei Rizzoli in Mailand.

ISBN 3-492-03872-7
2. Auflage 1996

Gesetzt aus der Bembo-Antiqua
Gesamtherstellung:
Clausen & Bosse, Leck
Printed in Germany

Emma Bovary ist eine jener Personen, die in der Stadt unseres Innern »zu Hause« sind. Wir meinen sie seit langem zu kennen, ihre Geschichte ist uns vertraut.

Jahrelang haben wir sagen hören, Emma sei Flaubert die liebste unter den von ihm geschaffenen Personen gewesen, so daß es ihn gedrängt habe, sich öffentlich mit ihr zu identifizieren: *»Madame Bovary, c'est moi.«* Wir haben sagen hören, Emmas Ehebruch werde von ihrem Autor mit tiefem Verständnis angekündigt, belauert und verfolgt, als sei der Roman geradezu eine Rechtfertigung weiblicher Liebesfreiheit in der Eingeengtheit der bürgerlichen Ehe, in einem Milieu voller Banalitäten und Gemeinplätze.

Und doch erinnere ich mich bis heute – ich war sechzehn, als ich den Roman mit jugendlicher Gier zum ersten Mal las – an ein Gefühl von Verwirrung und Unbehagen. Aber nicht wegen des heiklen Themas und auch nicht wegen der schrecklichen Strafe am

Ende, obwohl sie mich sprachlos machte, sondern wegen der höhnischen, rabiaten Art, wie ich mit dieser Frau bekannt gemacht wurde.

Damals begriff ich nicht, daß es sich dabei um eine Frage der Perspektive handelte. Als unerfahrene Leserin war ich in die wunderschönen dunklen Wasser des Romans eingetaucht und erkannte und begriff nicht, woher die Schläge kamen. Aber es waren harte Schläge für eine wie mich, die die Person verstehen und ihre Empfindungen mit ihr teilen wollte.

Emma erschien als tragische Figur, als Opfer einer erstickenden Ehe, als Geisel eines gewöhnlichen und unfähigen Mannes.

Heute, beim Wiederlesen des Buches, sehe ich Emma zwar immer noch als Geisel, aber nicht als Geisel ihres Mannes, sondern ihres Autors, der sie in erbitterter, höhnischer Entschlossenheit mit einer ans Groteske grenzenden Verbissenheit und Hartnäckigkeit in die Enge treibt.

»Was wir bedauern«, schreibt Henry James in seinem Essay *D'Annunzio und Flaubert*, »ist, daß Emma Bovary trotz ihres Bewußtseins und obwohl sie so sehr auch das ihres Schöpfers widerspiegelt, wirklich allzu beschränkt ist.« Und er fragt sich betrübt, »warum Flaubert als spezielle Protagonisten des Lebens, das zu malen er sich vorgenommen hat, so niedere Menschenexemplare wählt«.

Diese Frage habe auch ich mir beim ersten Lesen gestellt und stelle sie mir noch heute, und deshalb verspürte ich das Bedürfnis, diese Seiten zu schreiben, um mehr darüber zu erfahren. Nicht nur über das Verhältnis Flaubert–Emma, sondern allgemein über das der Autoren zu ihren Personen.

Da es mehr Leserinnen gibt als Leser und diese Leserinnen sich gern mit den weiblichen Romanpersonen identifizieren, kommt es gelegentlich vor, daß sie an den Heldinnen der Bücher Eigenschaften zu finden versuchen, die diese in Wirklichkeit gar nicht haben.

Die Hartnäckigkeit der Leserinnen wie auch ihre kreative Begeisterung kennen keine Grenzen. Sie wühlen in den Büchern wie kluge Maulwürfe und bemühen sich, die Person auf ihre Weise und ihren eigenen tiefsten Bedürfnissen entsprechend umzuformen, ohne weiter zu kontrollieren, ob die Eigenschaften, die sie aus ihren Wünschen heraus der Person zuschreiben, auch wirklich dem Charakter der Protagonistin entsprechen.

So kam es, daß Emma Bovary, die Königin eines wegen seiner visionären Qualitäten und seiner realistischen Details außergewöhnlichen Romans, von den Leserinnen als »Fahnenträgerin«, ja, geradezu als Anführerin aufgefaßt wurde, die sich der Kleinlichkeit der bürgerlichen Ehe zum Trotz ihre »sakrosankten« Freiheiten nimmt.

Nur wenige machen sich die Mühe, die Romanperson und die Art und Weise, wie der Autor sie auf Schritt und Tritt beurteilt und minutiös ihren Charakter zeichnet, näher zu betrachten. Die Leserinnen sind zu jeder Umformung bereit, um nur ja in den Besitz einer Ware zu gelangen, die in der Literatur so selten ist: ein starker weiblicher Charakter mit sichtlich eigenem Willen zum Handeln.

Auch ich als gierige und naive Leserin habe bei der ersten Lektüre in Madame Bovary eine mutige, leidenschaftliche Frauengestalt gesehen, der ich mich auf meinen geistigen Spaziergängen gern anschloß, wie man sich einer Frau anschließt, die entschiedenen und leichten kräftigen Schrittes vorangeht.

Erst Jahre später, als ich Flauberts wunderschönen, sinnlichen Roman wiederlas, wurde mir bewußt, wieviel Abneigung Emma Bovary entgegenschlägt, wieviel Elend ihr Autor ihr aufbürdet und daß er nicht eine einzige gute Eigenschaft an ihr zu finden vermag.

Der Roman beginnt mit der glänzenden Szene, an die wir uns alle erinnern, wie der neue Schüler in die Dorfschule kommt. Er heißt Charles Bovary, kann aber nicht einmal seinen Namen deutlich aussprechen, so daß dieser zu »Scharbovari« verstümmelt wird. Er ist unbeholfen, schwerfällig, verlegen und langsam in seinen Bewegungen. Bei seinem bloßen Anblick bricht die Schülerschar in Lachen aus, so daß der Lehrer ihn zwanzigmal in sein Heft schreiben läßt: *ridiculus sum.*

Und doch liegt in diesem Anfang etwas, das uns beunruhigt und verunsichert. Das Ungewöhnliche besteht darin, daß eine Erzählerstimme präsentiert wird, ein Ich aus Fleisch und Blut, das später auf mysteriöse Weise verschwindet, ohne daß man weiß, warum.

Es mutet seltsam an, daß einem so sorgfältigen Autor wie Flaubert dies entgangen sein sollte. Es sei denn, dieses Versehen ist ein heimliches Zeichen, um einen verborgenen Zugang zum Roman zu eröffnen.

Das erste Kapitel beginnt folgendermaßen: »Wir waren bei den Schulaufgaben, als der Direktor eintrat«, ein Satz, der die Wahl eines genauen Blickwinkels beinhaltet: ein Zeuge, eine Erinnerung, jemand, der uns von einem Mitschüler erzählt, der später in Yonville Arzt geworden ist, etc.

Doch dieses erzählende Ich verlieren wir bereits am Ende des ersten Kapitels. Handelt es sich dabei um ein absichtliches Verschwinden, eine Laune, ein Versehen oder einen Lapsus?

Bei der fast schon manischen Pedanterie des Autors vermute ich, daß es sich eher um ein Zeichen handelt, das dort gesetzt wird, um eine Unbestimmtheit in der Perspektive anzudeuten, die sich durch das ganze Buch zieht. Soll der Leser ruhig in Verwirrung geraten! Diese Unbestimmtheit der Blickwinkel durchdringt den ganzen Roman und macht seine subtile Originalität aus.

Nur so läßt sich jenes »Madame Bovary, das bin ich« erklären. Flauberts Schreibweise in diesem Buch erweist sich als falscher Spiegel, der uns zwar einerseits das Bild einer schönen jungen Frau mit schwarzen, in der Mitte durch einen Scheitel geteilten Haaren widerspiegelt, uns aber andererseits erahnen läßt, daß es hinter dem Spiegel einen sehr viel kräftigeren, männlicheren Körper gibt, der Gefallen daran findet, sich in der zarten Gestalt einer unruhigen, zaghaften Frau zu verleumden. »Er kann nur davon träumen, der andere zu sein«, schreibt Sartre in *Der Idiot der Familie*, »und muß zu seiner eigenen Befriedigung die Rolle des Tatmenschen spielen.«

Das Buch kann natürlich auf unterschiedliche Weise gelesen werden: als erbarmungslos analytisches und realistisches Porträt einer Ehebrecherin in der französischen Provinz im letzten Jahrhundert, als Verspottung einer mystifizierenden Lebensauffassung, als Kritik eines unentschlossenen Charakters, als Anatomie der gewöhnlichen Sprache, als sensibles, naturalistisches Porträt einer Provinzkleinstadt mit ihren lächerlichen und kleinkarierten Figuren oder auch als ein Roman über die bittere Lächerlichkeit des Nichts: »Was mir schön vorkommt, was ich machen möchte, das ist ein Buch über nichts«, schreibt Flaubert an Louise Colet am 16. Januar 1852.

Die verschiedenen Lektüreebenen, die der Text enthält, sind alle legitim. Nur daß man dann jene kleinen Signale des Unbehagens entdeckt, die ihn zu einem absolut zweideutigen, absolut außergewöhnlichen Buch machen.

Ich will hier versuchen, die Steinchen aufzulesen, die Emma auf dem Weg in den Wald fallen läßt, um zu sehen, ob sie uns zum Haus des unmöglichen Begehrens oder zu etwas Dunklerem und Unvorhergesehenem führen.

Als wir ihr zum ersten Mal begegnen, ist Emma noch ein unerfahrenes junges Mädchen, das beim Vater auf einem Bauernhof lebt.

Als Charles Bovary zu ihr aufblickt, steht Emma mit einem freundlichen Lächeln auf den Lippen auf der Schwelle des Hauses in einem »mit drei Volants besetzten blauen Merinowollkleid«.

Blau, Dunkelblau oder Hellblau begleiten oft die Beschreibungen von Emmas Schönheit. Obwohl ihre Augen schwarz sind, wie Flaubert fast mit Bedauern präzisiert, umgibt sie stets etwas Himmelblaues wie ein Heiligenschein. Doch wir erfahren bald, daß Emma absolut nichts Himmlisches an sich hat. Das Blau verrät uns etwas über ihre zweideutige Anmut, ihre betörende Sinnlichkeit.

Der junge Arzt Charles Bovary hat gerade seinen Doktor gemacht, nicht ohne Mühe, weil er aus Faulheit sein Studium jahrelang hat schleppen lassen, ohne die Examina abzulegen. Seine Mutter hat ihn schließlich gezwungen, seinen Abschluß zu machen, und ihm anschließend sowohl eine Stelle als Gemeindearzt in Tostes als auch eine ältliche Frau mit einer schönen Mitgift besorgt: die Witwe Madame Dubuc mit dürren Armen, kalten Füßen und einer Haut, »auf der so viele Pickel sprossen wie Blüten im Lenz«.

Der Doktor wird an diesem Morgen von einem Brief aus dem Bett geholt, der mit blauem Wachs versiegelt ist (eine Ankündigung der Farbe, die ihm für den Rest seines Lebens die Sinne umnebeln wird) und ihn auf den Hof Bertaux ruft, um Monsieur Rouault sein gebrochenes Bein zu richten.

»Es war ein einfacher Bruch ohne Komplikationen«, erklärt Flaubert, der die medizinischen Fähigkeiten des jungen Bovary gleich in Zweifel zieht. Doch mit dem Eifer des Neulings läßt sich dieser Binden und Latten bringen, um das Bein des alten Rouault zu schienen. Die Magd wird in den Stall geschickt, um Holzlatten zu holen; Emma wird aufgefordert, kleine Polster zu nähen, die man zwischen Haut und Holzschienen schieben kann.

Von der Erwähnung des blauen Merinowollkleids abgesehen, ist uns die junge Emma noch gar nicht äußerlich beschrieben worden, da liefert uns Flaubert schon einen Hinweis auf ihren Charakter: Als der Vater sieht, wie lange sie nach ihrem Nadeletui sucht, wird er ungeduldig und tadelt sie barsch. Doch obwohl der Tadel ungerecht ist, widerspricht Emma nicht. Sie fängt schnell an zu nähen und sticht sich in der Eile in den Finger, den sie darauf »an die Lippen führte, um das Blut aufzusaugen«.

Genau wie Dornröschen, der die böse Fee vorausgesagt hat, daß sie sich stechen und in einen Todesschlaf fallen und, so hatte die gute Fee hinzugefügt, durch den Kuß eines Prinzen wieder erwachen wird. Und so können wir uns vorstellen, daß Emma mit diesem Stich in den Finger in die Lethargie der Ehe eintritt, bis sie durch den ehebrecherischen Kuß geweckt wird.

Der Autor legt Wert darauf, sie uns zu Beginn der Geschichte bläulich schimmernd und gefügig zu präsentieren. Doch bald werden wir entdecken, daß ihre Gefügigkeit und ihre Tochterliebe lediglich Techniken einer theatralischen Inszenierung sind, denn wie wir später erfahren, liebt Emma es, Rollen zu spielen. Sie kennt weder Aufrichtigkeit noch Selbstkritik. Und sie wechselt auch gern die Rollen, sonst langweilt sie sich.

Die erste Rolle, die Emma den Lesern vorführt, ist eben die des jungen heiratsfähigen Mädchens, das schamhaft und naiv, brav und gehorsam und die Tochter eines gutmütigen, mürrischen Vaters ist. Zu diesem Zeitpunkt weiß sie vielleicht noch nicht, daß sie spielt. Sie tut es instinktiv, so wie sie instinktiv ihre Stimme verändert: »... je nachdem, was sie sagte, klang ihre Stimme klar und hell oder wurde plötzlich matt, verschleiert und verlor sich fast in ein Murmeln, als spräche sie mit sich selbst.«

Das andere, was Charles nach dem Blau des Kleides auffällt, ist das Weiß von Emmas Fingernägeln: »Sie waren mandelförmig geschnitten, mit feinen Spitzen, und glänzender poliert als die Elfenbeinwaren aus Dieppe.«

Und dabei, präzisiert der Autor, kann man nicht

sagen, daß es wirklich schöne Hände sind, »vielleicht nicht weiß genug und an den Fingergliedern ein wenig zu mager, auch zu lang und in den Linien nicht weich genug«.

Die Augen dagegen werden uneingeschränkt als schön beurteilt, »obwohl eigentlich braun, wirkten sie durch die langen Wimpern ganz schwarz«. Und diese Augen wandten sich mit »unbefangener Keckheit« dem kaum bekannten Doktor zu.

Charles' Blick ist aufmerksam und nicht ohne kritisches Gespür, aber dieses kritische Gespür wird allmählich immer schwächer, bis es im Laufe der Ehe ganz verschwindet.

Monsieur Rouault lädt den Arzt ein, »einen kleinen Imbiß zu nehmen«, bevor er nach Tostes zurückfährt. Und so gehen sie ins Eßzimmer im Erdgeschoß hinunter. In dem Zimmer, in dem lauter Säcke mit Getreide stehen, riecht es »nach Veilchenwurzel und feuchtem Leinen«. Die einzige besondere Note: ein mit Kohle gezeichneter Minervakopf, unter dem in gotischen Lettern geschrieben steht: »Meinem lieben Papa«.

Damit werden wir auf zwei Dinge aufmerksam gemacht, die dem ersten Eindruck der Gefügigkeit und Selbstbeherrschung von Mademoiselle Emma Rouault widersprechen: die Augen, die mit »unbefangener Keckheit« blicken, und der Minervakopf, der, obwohl bescheiden dem Vater gewidmet, eine alles andere als fügsame Entscheidung, ja, fast eine kriegerische Absicht andeutet: Minerva ist eine bewaffnete Göttin.

»Fräulein Rouault«, so werden wir unterdessen informiert, »gefiel es gar nicht auf dem Lande« bei ihrem Vater, zumal jetzt, da sie nach dem Tod der Mutter »fast ganz allein für den Hof zu sorgen hatte«.

Der Vater andererseits hält sie nicht für unentbehrlich und findet im Gegenteil, seine Tochter sei »viel zu gescheit für die Landwirtschaft, dieses gottverdammte Gewerbe, das noch keinen zum Millionär gemacht hatte!«

Sowohl er als auch Charles Bovary betrachten das Mädchen wie eine Blume (mit ihrer überaus weißen Haut, den zarten Händen, den Füßchen wie eine Pariserin und den schmucken blauen Kleidern), die zu kostbar ist, um auf einem Bauernhof zwischen Kühen und Schafen zu verkümmern.

»Ihr Hals erhob sich aus einem weißen Umlegekragen. Ihr schwarzes Haar lag so glatt an, daß es aus einem Stück zu bestehen schien, getrennt nur durch den feingeschwungenen Scheitel in der Mitte, und nach hinten zu hatte sie es, gerade noch die Ohrläppchen freilassend, zu einem üppigen Knoten geflochten; nur an den Schläfen war es leicht gewellt, eine Frisur, die der Landarzt zum ersten Mal in seinem Leben sah. Ihre Wangen waren rosig. Zwischen zwei Knöpfen ihrer Bluse steckte wie bei einem Mann ein Lorgnon aus Schildpatt.«

Ein weiteres Zeichen, das im Widerspruch zu dem Anfangsbild steht. Was hat dieses männliche Lorgnon auf dem so femininen Kleid (aus blauer Merinowolle mit drei Volants) von Emma Rouault zu suchen? Soll es uns nicht sagen, daß Emma etwas anderes verbirgt oder nur teilweise zeigt als das, was sie vorgibt?

Etwas, das durch kleine Zeichen einer widersprüchlichen Persönlichkeit nur für den scharfen Blick des Beobachters Bedeutung erhält?

»Dein Bild wird mir bleiben, ganz getränkt von Poesie und Zärtlichkeit, so wie gestern die Nacht in dem milchigen Dunst ihres Silbernebels.« (*6. oder 7. August 1846*)

»Ach! unsere beiden schönen Ausfahrten in der Kutsche, wie waren die schön! Die zweite vor allem, mit den Blitzen! Ich erinnere mich an die Farbe der von den Laternen erleuchteten Bäume und an das Schaukeln der Wagenfederung; wir waren allein, glücklich, ich betrachtete Deinen Kopf in der Nacht, ich sah ihn trotz der Dunkelheit, Deine Augen erleuchteten Dein ganzes Gesicht!« (*4./5. August 1846*)

Das sind Stellen aus Briefen, die Gustave Flaubert an Louise Colet schrieb, kurz nachdem er sie zufällig im Hause des Bildhauers Pradier bei einem seiner seltenen Parisaufenthalte kennengelernt hatte, fünf Jahre bevor er begann, *Madame Bovary* zu schreiben.

Warum zitiere ich sie? Beim Lesen von Flauberts Briefen – dieser mit Büchern so geizige Mann war äußerst verschwenderisch mit Briefen, die er in einem Zuge schrieb, in flüssigem, lockerem Stil, funkelnd vor Ironie und Intelligenz –, bei ihrer Lektüre konnte ich nicht umhin, in Louise Emma und in Emma Louise wiederzuerkennen.

Inspiriert wurde der Roman, wie seine Freunde mehrfach bestätigt haben, durch einen berühmten Skandal jener Jahre (vielmehr wurde ihm dieser von seinen Freunden als Inspirationsthema vorgeschlagen, nachdem sie seine *Tentation de Saint-Antoine* [Die Versuchung des heiligen Antonius] als mißlungen beurteilt hatten): den Fall Delamare.

Eine Frau, Delphine Couturier Delamare, begeht, von Schulden in die Enge getrieben, Selbstmord, und ihr Mann erfährt aus einigen heimlichen Briefen, daß sie Geliebte gehabt hat. Der Ehemann, Eugène Delamare, war Stabsarzt.

Gewiß ist das die Geschichte. Aber als es darum ging, der Romanperson Emma Körper und Charakter zu geben, wird es doch wohl für Flaubert natürlicher gewesen sein, sie jemandem nachzubilden, der ihm näher und vertrauter war.

Außerdem trägt der Roman Spuren der Gefühle, die charakteristisch waren für die Geschichte jener erst stürmischen, heftigen und schmerzlichen, dann zunehmend dornigen, künstlichen und verängstigten »Leidenschaft« mit ihren immer seltener und sporadischer werdenden Begegnungen, bis sie schließlich in Unduldsamkeit und Haß endet.

Umgekehrt finden wir Emma, perfekt gezeichnet und wiedererkennbar in ihren explosiven Widersprüchen, in Gustaves Briefen an Louise wieder; einerseits sehr feminin in ihren sanften, weichen Verführungskünsten, in ihrer Zärtlichkeit und Großzügigkeit, in ihrer Lieblosigkeit gegenüber sich selbst und der krankhaften Anhänglichkeit an den Geliebten, andererseits etwas maskulin in ihren kühneren Selbstbehauptungsgesten, in ihrem Unabhängigkeitsdrang, ihrem Kampfgeist und ihrer unverhohlenen Aggressivität.

Gleichzeitig beobachten wir an Emma viele Eigenschaften von Louise, Eigenschaften, die, wenngleich verleugnet und indirekt, auch für den Autor typisch sind: eine gewisse pubertäre Vorliebe für das Exotische, einen infantilen Hang zum Fetischismus, die Fähigkeit, sich in Träumen zu verlieren, die theatralische Dreistigkeit, die Sinnenträgheit, die Neigung zur Lüge als Ausflucht, das Gefallen an »Tand und Flitter«, was sein künstlerisches Gespür gelegentlich auf Abwege führt.

Wir meinen Emma besser zu verstehen, wenn wir Louise kennen, und Flaubert besser zu verstehen, wenn wir seine Briefe kennen, die in ihrer Vitalität, Tiefe, Heiterkeit und Ehrlichkeit außergewöhnlich sind.

Die Welt von Flauberts Briefen ist in Wirklichkeit vor allem von Männergestalten bevölkert, einigen Schulgefährten, mit denen er sein Leben lang korrespondiert hat. Darunter Ernest Chevalier, mit dem Flaubert bis zu dessen Heirat, die er als einen »subtilen Verrat« betrachtete, eng befreundet ist. Als Jungen hatten sie sich ein Medaillon gravieren lassen mit der Inschrift »Gustave und Ernest werden sich niemals trennen«. Einige Briefe beginnen mit einer sehr zärtlichen, flehentlichen Bitte: »Komm wieder, Leben von meinem Leben, Herz von meinem Herzen«, oder »Wenn Du etwa nicht kommen solltest, würde ich auf allen vieren wie die Hunde des Königs [...] nach Andelys kriechen, um Dich zu holen...«; »Dein bis zum Tod«. (*22. April 1832*)

Dann war da Alfred Le Poittevin, ein Schulkamerad, der einige Jahre älter war und von den Freunden als »spätrömischer Grieche« bezeichnet wurde. »Er war ein Sophist, ein Haarspalter«, sagte später Maxime Du Camp über ihn. »Er liebte metaphysische Diskussionen [...], hatte einen guten literarischen Einfluß auf Gustave [...] lehrte ihn die Kunst, beim Schreiben streng gegenüber sich selbst zu sein [...] beide widmeten sich der Literatur und verheimlichten dies wie ein Verbrechen.«

Und es gab Maxime Du Camp selbst, der ihm bis zum Ende nahestehen sollte, durch Höhen und Tiefen, mit großer Vertrautheit und nicht enden wollenden Streitereien, Bosheiten, Ankündigungen, sich nicht mehr zu sehen, und plötzlichen Wiederannäherungen.

Aber der liebste von allen war ihm sicher Louis Bouilhet (seltsame Fügung der Namen: auch eine andere Geliebte in einer Zeit des Überdrusses an Louise Colet, die Frau des Bildhauers Pradier, heißt Louise).

Bouilhet, den Flaubert intim »mein linkes Ei« nennt, wird Schriftsteller, Dramaturg und vor allem intelligenter Herausgeber von Flaubert werden und ihm helfen, die verwickelte Angelegenheit seines anspruchsvollsten Projekts, *Madame Bovary*, zu entwirren.

Und außerdem gab es noch Ernest Feydeau, Jules Duplan, Guy de Maupassant, die Brüder Goncourt, und auch mit Théophile Gautier korrespondierte und verkehrte Gustave.

Der Ton der Briefe war oft studentisch, infantil. »Einsames Onanieren, 1. Preis: Ronchin«, lesen wir in einem Brief Flauberts an Ernest Chevalier aus den fernen Jahren 1837–38. »Ausdauerndes Verlangen nach Sodomie, 1. Preis (nach mir): Morel. / Erektion in der Unterhose, 1. Preis: Morel. / Koteletten, 1. Preis: Fargeau. / Strolchgesicht, 1. Preis: Fargeau. / Exzessiv unmoralischer Blick, großer Preis: Morel.«

Und mit neunundzwanzig Jahren in Girgeh, Tunesien, fährt er fort: »In Keneh habe ich ein schönes Weib gevögelt, die mich sehr mochte und mir zu verstehen gab, ich hätte schöne Augen. Sie heißt Osneh-Taouileh, was soviel bedeutet wie ›lange Stute‹. Und noch eine andere dicke Schlampe, auf der ich großen Genuß hatte und die stank wie die Pest. [...] Versuche, Dich nicht zu sehr zu langweilen. Vögele nicht zuviel, schone Deine Kräfte, eine Unze Sperma zu verlieren ist schlimmer als der Verlust von zehn Pfund Blut.« (*2. Juni 1850*)

Und noch mit siebenunddreißig Jahren aus Croisset: »Mein alter Heißsporn [...] Du schickst mir Neuigkeiten aus der Welt der Kunst, ich schicke Dir dafür welche vom Lande: Der Bäcker hat als Gehilfen beim Brotbacken einen sehr korpulenten Jungen. Der Meister und der Junge f... miteinander. Sie kneten einander in der Ofenhitze. Aber (und jetzt kommt's) besagter Bäcker hat eine Frau, und die beiden Herren, nicht genug damit, daß sie miteinander f…, verprügeln auch noch die arme Frau. Sie dreschen derartig auf sie ein aus purem Vergnügen und aus Haß auf die F… (Methode Jérôme) [Person aus *Justine* von de Sade], daß die Dame manchmal tagelang das Bett hüten muß.« (*28. August 1858*)

Und Bouilhet steht ihm in nichts nach: »Alles ist geschehen, Herr Generalvikar […] wir haben den Kaviar und erfreuen uns seiner […] Vergiß nicht, dem Abbé Duplan von mir die Hand zu drücken.« (*14. März 1862*) So nannten sie sich, Generalvikar und Hochwürden. »Hast Du die Lagier gefickt, Herr Generalvikar?« – »Herrn Flahuberg. / Euhoe! Glühende Feder! Papierfresser! Karthager! / Bücherwurm! Träumer!… Einzigartiges Leckermaul! […] Pariser! Reisender! Gesetzesbrecher! / Mösenschnüffler! Alter Junge! Ich grüße Dich, o Du, / der Du Samstag wiederkommst! […] Dein von ganzem Herzen.« (*29. November 1860*) In einem anderen Brief widmet er ihm ein Gedicht über die Scheiße: »Ich liebe die Scheiße! Dieses unsterbliche Etwas! / Vielleicht ist es nicht recht, und ich sag es ganz leise. / Ich lieb sie wie verrückt!… Sie hat dies für sich: / Nie wußten die Dummen mit ihr etwas anzufangen, / sie kommt uns aus dem Arsch, ist einfach, schlicht und schön, / alle Welt riecht sie, gegessen wird sie nicht.« (*2. Oktober 1857*)

Diese Sprache, fäkal, studentisch, aufschneiderisch und provinziell, wird Flaubert niemals aufgeben, auch nicht, als er schon dem Tode nah ist. Die Sprache der Jugend zu benutzen und diese durch Zärtlichkeit, Obszönität und verbale Verruchtheit mit aller Kraft lebendig zu halten, war sicher unter anderem auch ein Mittel, jung zu bleiben.

Sie gingen zusammen ins Bordell, schrieben zusammen Texte (Gustave Flaubert schreibt 1847 gemeinsam mit Maxime Du Camp nach einer langen Reise durch die Normandie und die Bretagne *Par les champs et par les grèves* [Über Feld und Strand]); sie diskutierten, aßen, schliefen, tranken und träumten zusammen. Wenn einer von ihnen sich verliebte, bekam er die Mißbilligung, aber auch die Komplizenschaft der anderen zu spüren. Sie hielten immer zusammen, dienten einander als Vermittler, Ratgeber, Korrektoren, Zensoren und Kuppler und versuchten stets, die kleine geschlossene Welt, die sich jeder anderen überlegen fühlte, intakt zu halten.

Es ist drei Uhr. Die Leute vom Hof Rouault sind auf den Feldern. »An den gebrauchten Gläsern, die auf dem Tisch standen, krochen die Fliegen herum und ertranken summend in den Apfelweinresten.«

Sehr anmutig in ihrem schulterfreien Sommerkleid bietet Emma dem Doktor Charles Bovary ein Glas Likör an. Er lehnt lächelnd ab. Sie insistiert. »Auf ihren nackten Schultern glänzten kleine Schweißperlen.«

Nach ländlichem Brauch holt sie eine Flasche Curaçao aus dem Schrank und füllt zwei kleine Gläser, die sie auf den Tisch gestellt hat. Das eine reicht sie dem schönen jungen Arzt, das andere führt sie an die Lippen. Sie leert es auf bäurische Art in einem Zug. Schüchtern, verlegen, unsicher läßt er sich überzeugen und trinkt ebenfalls.

Als der Likör getrunken ist, hält Emma das Glas, statt es zurückzustellen, über den Kopf, um mit der Zunge die letzten Tropfen aufzufangen. Dann leckt sie mit der Zungenspitze »in kleinen Stößen« den Boden des Glases aus.

Eine kleine Verführungsszene, wie man sieht, mit einer Fülle von visuellen Details, wie gefilmt. Eine Szene, aus der hervorgeht, daß Emma zur Zweideutigkeit imstande ist: einerseits die Vorführung der braven, bescheidenen und gehorsamen Tochter, andererseits das Spiel der erfahrenen Verführerin, ganz nach dem jeweiligen theatralischen Einfall, so wie sie je nach Situation und Laune ihre Stimme moduliert.

Charles dagegen ist ganz und gar aus einem Stück. Nicht, daß ihm Emma gleichgültig wäre, aber wahrscheinlich entspricht Ehebruch seinem Wesen nicht, so wie er auch nicht lügen kann, weil er keine Phantasie hat.

Aber alles regelt sich von selbst zu seinen Gunsten, ohne sein geringstes Dazutun, als ob die Götter ihn im Auge hielten und ihm den Weg ebneten. Wenn auch nicht ganz ohne Grausamkeit.

Ein Notar, der mit dem Geld seiner Klienten das Weite sucht, deckt die finanzielle Situation der Witwe Dubuc auf: »Es stellte sich heraus, daß das Haus in Dieppe bis in die Balken von Hypotheken zerfressen war wie von Holzwürmern. Wieviel sie beim Notar hinterlegt hatte, wußte Gott allein [...] Sie hatte gelogen, die gute Dame! In seiner Wut zerschlug Vater Bovary einen Stuhl auf den Fliesen und beschuldigte seine Frau, ihren Sohn ins Unglück gestürzt zu haben, indem sie ihn mit so einer Schindmähre verkuppelte, die nicht mal mehr das Futter wert sei.«

Die Eltern Bovary eilen nach Tostes, um mit ihrem

Sohn zu reden. »Es gab eine Auseinandersetzung und große Szenen. Héloïse warf sich schluchzend in die Arme ihres Gatten und beschwor ihn, sie gegen seine Eltern zu verteidigen. Charles wollte vermitteln, aber da wurden die Alten böse und fuhren ab.«

Ein gewöhnliches Familiendrama mit Ausbruch der schlimmsten Gefühle; alles selbstverständlich im Interesse des geliebten Sohnes. Sie, die ihn gegen seinen Willen mit einer reichen ältlichen Witwe hatten verheiraten wollen, wettern jetzt, als sich deren Ruin herausstellt, gegen diese, verleumden sie und nennen sie eine »Schindmähre«.

Charles zeigt sich zartfühlender und menschlicher als seine Eltern. Er wird nicht wütend auf sie, sondern stellt sich auf ihre Seite und verteidigt sie, wohl wissend, daß er seine Eltern damit erzürnt und beleidigt. Aber er hat ein empfindsames, mitfühlendes Herz.

»Héloïse«, schreibt Flaubert zynisch, »konnte den Schlag jedoch nicht überwinden. Acht Tage später, als sie im Hof beim Wäscheaufhängen war, bekam sie einen Blutsturz, und am nächsten Morgen, während Charles ihr gerade den Rücken zuwandte, sagte sie: ›Ach, mein Gott!‹, stieß einen Seufzer aus und verlor das Bewußtsein. Sie war tot. Wie sonderbar!«

Nun könnte Charles zu seiner geliebten Emma eilen, doch er tut es nicht. Er reagiert seinem Charakter gemäß, der träge, langsam und nachdenklich ist. Als er vom Friedhof nach Hause kommt, sieht er »ihr Kleid noch im Alkoven hängen«. Da »setzte er sich an den Schreibtisch und blieb, den Kopf in die Hand gestützt, bis in den Abend hinein in schmerzliche Betrachtungen versunken. Sie hatte ihn immerhin geliebt.«

Erst viele Tage später erhält Charles Besuch vom alten Rouault, der ihm sein Beileid ausspricht und ihn auf den Hof einlädt. Und er nimmt die Einladung an. Wahrscheinlich hätte er sonst noch viel mehr Zeit vergehen lassen, ohne einen Entschluß zu fassen, oder hätte vielleicht sogar völlig auf eine Wiederheirat verzichtet. Charles' Charakter wird bis zum Schluß nie dementiert und besteht aus Trägheit, Herzensgüte, Arglosigkeit, Unbeholfenheit und Kindlichkeit. Aber sind dies nicht auch Aspekte von Flauberts ursprünglichem, verleugnetem Charakter?

Die Protagonistin jedoch, vergessen wir das nicht, ist Emma. Deshalb kehrt die Erzählung nach der kurzen grausamen Abschweifung über den Tod der Witwe Dubuc zu ihr und ihrer Vergangenheit zurück, die den Lesern mit ironischer Boshaftigkeit erzählt wird.

Emmas Kindheit, so wird uns berichtet, verlief ganz und gar vorhersehbar: »Bei den Ursulinerinnen« erzogen, war sie im »Tanzen, in der Geographie, im Zeichnen, im Sticken und im Klavierspielen bewandert«. Außerdem hatte sie immer viel gelesen.

Im Kloster zeigt sie sich fromm und fleißig, so daß die Nonnen von einer »hohen Berufung« sprechen, die sie höchstwahrscheinlich zur Einkleidung führen werde. Deshalb umgeben sie sie mit Fürsorge und Respekt.

Aber Emma ist keineswegs an den Beziehungen der Seele zu Gott interessiert, sagt uns Flaubert. »So heranwachsend, ohne jemals aus der lauen Schulstubenluft herauszukommen, immer in Gesellschaft dieser blassen Frauen«, verfiel sie eher »allmählich in ein mystisches Schmachten, das von den Weihrauchdüften der Altäre, der Kühle der Weihwasserbecken und dem Lichtschein der Kerzen ausging«, als daß sie echte Frömmigkeit empfunden hätte.

Sie hat eine rein ästhetisch-sinnliche Beziehung zu den Ritualen der Kirche, etwas wie ein Gefühl der Erwartung, eine literarische Traumvorstellung. In der Tat, »statt der Messe zuzuhören, versenkte sie sich in die Betrachtung der frommen, himmelblau umrandeten Vignetten ihres Gebetbuches und verliebte sich in das kranke Lamm Gottes, in das von spitzen Pfeilen durchbohrte Herz Jesu und in den armen Heiland selbst, der unter der Last seines Kreuzes zusammenbricht«. Mit anderen Worten, ein infantiles, minderwertiges Gefühl für das Heilige.

Wenn sie zur Beichte ging, »so dachte sie sich recht viele kleine Sünden aus, um noch länger dort so verharren zu können, im Halbdunkel kniend, die Hände gefaltet, das Gesicht am Gitter, unter dem leisen Geflüster des Priesters«.

Es gefiel ihr, sich Christus als »himmlischen Geliebten und Bräutigam und Gemahl« vorzustellen, und das erweckte »im Grunde ihrer Seele ungeahnte Schauer des Entzückens«.

Kurz, jede Kontemplation setzte bei ihr irgendeinen Nutzen voraus: »Mehr empfindsam als künstlerisch veranlagt, mehr auf Gefühle als auf Betrachtung bedacht, mußte sie den Dingen irgend etwas Persönliches für sich abgewinnen können, und alles, was nicht unmittelbar ihrem Herzen Anregungen gab, verwarf sie als unnütz.«

Sie las Liebesromane, die ihr eine Freundin heimlich lieh, in denen von fernen, treuen Geliebten die Rede war, von »Seelenkämpfen, Schwüren, Schluchzen, Tränen und Küssen, Gondelfahrten im Mondschein, Nachtigallen in den Büschen, Männern, stark wie Löwen und sanft wie Lämmer, unwahrscheinlich tugendhaft, stets tadellos gekleidet und elegisch wie Trauerweiden«.

Mit fünfzehn hatte Emma schon eine Menge Bücher gelesen. »Ein halbes Jahr beschmutzte sie sich die Hände mit dem Staub dieser alten Scharteken. Dann geriet sie an Walter Scott und berauschte sich nun an historischen Begebenheiten, träumte von alten Truhen, Waffensälen und Minnesängern. Am liebsten hätte sie auch auf so einer alten Burg gelebt wie diese Schloßherrinnen mit den langen Miedern, die ihre Tage unter den Spitzbogengewölben damit verbrachten, daß sie immer nur, den Arm auf das Gemäuer, das Kinn in die Hand gestützt, dasaßen und ins Land hinausspähten, ob nicht aus der Ferne ein edler Ritter mit weißer Helmzier dahergesprengt käme auf einem schwarzen Roß.«

Wenige Autoren verraten so genau und sorgfältig die literarischen Vorlieben einer ihrer Personen. Damit klar ist, scheint Flaubert uns zu sagen, daß Emma schon als Heranwachsende das Schlimmste der zeitgenössischen Literatur verfolgte, eine Schwäche dafür hatte und sich damit vergiftete.

Erstaunlich ist der Nachdruck, mit dem Flaubert

sich auf Emmas literarische Neigungen versteift, als wäre dies die eigentlich zu verurteilende Sünde und alles weitere nur eine Folge dieser Lektüren.

Emma schwärmte für »alle berühmten oder unglücklichen Frauen: Jeanne d'Arc, Héloïse, Agnes Sorel, die schöne Ferronière und Clémence Isaure leuchteten ihr wie glänzende Kometen aus dem grenzenlosen Dunkel der Geschichte«.

Die Internatsschülerinnen pflegten damals in *Satin* gebundene Büchlein aus der Feder von Vicomtes oder Vicomtessen unter dem Kopfkissen zu verstecken. »Das Herz klopfte Emma, wenn sie gegen das Seidenpapier über den beigefügten Stahlstichen hauchte, daß es sich aufblähte und dann sacht auf die Seite sank. Da sah man denn auf hohem Balkon einen jungen Mann in kurzem spanischem Mantel, in seinen Armen ein Fräulein in weißem Gewand mit einem Täschchen am Gürtel; oder namenlose Porträts blondgelockter englischer Ladies, die einen unter ihren runden Strohhüten hervor mit großen Unschuldsaugen anblickten.«

Die Heldinnen dieser Bücher haben stets »eine Träne auf der Wange«. Oder sie »schnäbeln durch das Gitter eines gotischen Käfigs mit einer Turteltaube« oder zerzupfen, »den Kopf lächelnd auf die Schulter geneigt, mit spitzen, wie Schnabelschuhe nach oben gebogenen Fingern eine Margerite«. Es fehlt auch nicht an Sultanen »unter Lauben im Arm von Bajaderen wonnig hingelagert [...] am Horizont tatarische Minarette, im Vordergrund römische Ruinen, dazu eine Gruppe kauernder Kamele«.

Ganz zu schweigen von der Musik! In den Liedern,

die Emma sang, »war von nichts anderem als von Madonnen und Engelchen mit goldenen Flügeln, von Lagunen, Gondolieri und dergleichen die Rede. Aber hinter den albernen Texten und faden Melodien tat sich ihr lockend das Wunschbild einer Wirklichkeit voll edler und schöner Gefühle auf«.

Kurz, alles was wir heute Kitsch nennen, Kulturplunder, wiedergekäute Überbleibsel alter aristokratischer Mythen, billiger philosophischer Schrott und entlehnter Orientalismus.

Die Hartnäckigkeit, mit der Flaubert auf diesem kulturellen Geschmack herumreitet, ist grausam, präzise, manchmal pedantisch. Seine Aufzählungen ziehen sich seitenlang hin und erinnern uns an ein Buch, das er Jahre später schrieb und unvollendet ließ, den Roman *Bouvard et Pécuchet*, der all die ungeheuerlichen Torheiten, die sagenhafte Ignoranz, alles wilde Streben nach Kultur der beiden in Bücher verliebten Taugenichtse in einem Buch zusammenfassen wollte.

Als ihre Mutter stirbt, »weinte Emma viel«, erzählt Flaubert. Doch gleich fügt er hinzu »in den ersten Tagen«. Denn danach hat ihr Schmerz Gelegenheit, sich durch seine Zurschaustellung in Wohlgefallen aufzulösen. »Sie ließ sich eine Haarlocke der Verblichenen in Glas und Rahmen fassen und schrieb nach Bertaux einen Brief voll schwermütiger Betrachtungen über das Leben und bat ihren Vater darin, man möge sie später einmal in das gleiche Grab betten wie ihre Mutter.«

Beunruhigt macht sich Monsieur Rouault sofort auf die Reise, um zu sehen, ob seine Tochter nicht womöglich Opfer einer Nervenkrankheit geworden ist, einer »Depression«, wie man heute sagen würde. Aber Emma ist wohlauf. Und als sie ihren Vater kommen sieht, ist sie hochzufrieden, weil ihr Spiel erfolgreich war und sie »schon beim ersten großen Schmerz ihres Lebens den Idealzustand blasser Vergeistigung erreicht« hat, »zu dem sich die mittelmäßigen Seelen nie erheben«. Mit neuem Schwung »überließ sie sich nun ganz den Fluten der Vergänglichkeitsromantik Lamartines und vernahm im Geiste nur noch Harfenklänge über stillen Weihern, Gesänge sterbender Schwäne, das Rieseln fallender Blätter, das Himmelfahrtsseufzen jungfräulicher Seelen und die raunende Stimme des Ewigen in den Tälern«.

Lamartine ist Gegenstand einer besonderen Antipathie Flauberts; er hält ihn für manieriert, affektiert und sentimental, ein Schriftsteller für junge Damen eben. »Das Letzte an prätentiöser Dummheit«, schreibt er über *Raphaël* in einem Brief an Louise Colet (*2. Mai 1852*). »Diese Menge an klischeehaften Halbversen, Versen aus leeren Umschreibungen ist unglaublich«, schreibt er ein Jahr später über ein anderes Buch von Lamartine, *Jocelyn*. »Wenn er das Vulgäre des Lebens schildern muß, wird er ordinär. Eine abscheuliche Poesie, überflüssig, ohne inneren Atem. Diese Sätze haben weder Fleisch noch Blut. Und welch seltsame Darstellung der menschlichen Gesellschaft!« (*17. Mai 1853*)

Alle diese Urteile nahm Flaubert zurück, als Lamartine in dem Prozeß wegen *Madame Bovary* großherzig und öffentlich Partei für den angeklagten Schriftsteller ergriff. »Es hat mich sehr überrascht«, schreibt Gustave an seinen Bruder Achille (*25. Januar 1857*), »ich hätte nie geglaubt, daß der Dichter Elviras sich für Homais begeistern könnte!«

Emmas theatralische Darbietungen haben den Vorzug, nicht lange zu dauern. Denn ihr selber werden sie zuallererst über. Nach einer Weile ist sie auch von den sterbenden Schwänen und den fallenden Blättern ein wenig angewidert. Aber wie es dem, der häufig schauspielert, zu geschehen pflegt, fällt es ihr nicht ganz leicht, ein Ende zu finden, ohne an Glaubwürdigkeit zu verlieren. Deshalb setzt sie ihre Fiktion fort, sagt Flaubert, aber ohne jede innere Anteilnahme an ihrem Spiel, »zunächst aus Gewohnheit, später aus Eitelkeit [...] Die guten Nonnen, die so sehr auf Emmas fromme Berufung gerechnet hatten, merkten zu ihrem größten Erstaunen, daß Fräulein Rouault ihrem Einfluß zu entschlüpfen drohte«.

Emma möchte jetzt nur noch nach Hause, um »das Gesinde zu kommandieren«. Bis ihr natürlich auch dieses »Kommandieren« langweilig wird und sie sich schließlich »nach ihrem Kloster zurücksehnt«.

Aber dies sind wortwörtlich auch Flauberts Gefühle, wie wir sie in seinen Briefen beschrieben finden: »Es ist zum Erbarmen, aber so bin ich immer gewesen, habe mich unablässig nach dem gesehnt, was mir nicht gehört, und wenn ich es besaß, konnte ich mich nicht daran erfreuen, ebenso wie ich vor zukünftigem Unheil zittere und bange. [...] Wenn ich Dich verlöre, würde ich vielleicht verrückt. Das steckt in der konsequenten Inkonsequenz des menschlichen Herzens, in der Konstitution des Menschen, und ich bin sehr wohl Mensch, Mensch im vulgärsten und wahrsten Sinne des Wortes, obwohl Du mich in der Voreingenommenheit Deiner wirklichen Liebe für etwas Höheres hältst.« (*7. Dezember 1846*)

Als Charles auf dem Hof Bertaux erscheint, betrachtet sich Emma bereits als »in jeder Beziehung enttäuscht« und glaubt, »für sie gebe es nichts mehr hinzuzulernen und nichts mehr zu empfinden«.

Ein »verdorbenes« Mädchen, wie Flaubert sagt, das nicht mehr zwischen aufrichtigem und kühl gespieltem Gefühl, zwischen erregter Projektion von Romanfiguren und wirklichen Menschen unterscheidet. Ihr einziges Vergnügen ist es, jenen momentanen Rausch des Augenblicks zu empfinden, den das »Inszenieren des Lebens« verschafft. Was an und für sich, so legt uns Flaubert nahe, nichts Schlimmes ist, wohl aber, wenn dieses Inszenieren ungenau und mit schlechtem Geschmack geschieht.

Der alte Rouault hat Charles Bovarys Heiratsantrag angenommen. Und Emma träumt bereits von einer weiteren grandiosen Inszenierung. Um nur aus dem Vaterhaus herauszukommen, um endlich als Erwachsene Protagonistin einer anderen Geschichte zu werden und sich der anstrengenden Arbeit auf dem Hof zu entziehen, bildet sie sich sogar ein, in Charles verliebt zu sein.

»Dann aber hatte die Bangigkeit, die mit jedem neuen Zustand verbunden ist, oder vielleicht auch die Unruhe, die ihr die Gegenwart dieses Mannes verursachte, genügt, in ihr den Glauben zu erwecken, daß nun endlich jene wunderbare große Leidenschaft über sie gekommen sei, die ihr bisher immer nur als Riesenvogel mit rosenrotem Gefieder, in den strahlenden Himmeln der Poesie schwebend, erschienen war.«

Emma träumt von einer wunderschönen Hochzeit mit nächtlichen Feuern und Tanz im Dunkeln. Zum Glück verbietet der Vater ihr dies. Und sie muß sich mit einer großen Festtafel mit dreiundvierzig Gästen begnügen. Ihr Kleid ist prächtig, und das Essen dauert sechzehn Stunden.

Mit boshaftem Blick beobachtet Flaubert das Hochzeitsfest: Charles macht den Eindruck, »er sei es, der über Nacht die Jungfernschaft verloren habe, während der jungen Frau nicht die geringste Veränderung anzumerken war«, sie wirkt allenfalls ein wenig exaltiert, vielleicht wie eine Profischauspielerin auf einer sehr renommierten Bühne.

Das Eheleben nimmt seinen Lauf mit kleinen langweiligen Ritualen, die die junge Ehefrau schon nach ein paar Monaten anzuöden beginnen. Morgens verläßt Charles sehr früh das Haus und steigt, nachdem er seiner Frau von der Straße aus einen Kuß zugeworfen hat, auf seine Stute. Emma antwortet mit einer vagen Geste und schließt sofort mit sichtlichem Überdruß das Fenster.

Während ihr Mann bei der Arbeit ist, grübelt sie über ihr Unglück nach. Schon beginnt sie sich zu fragen, warum sie überhaupt geheiratet hat. Die Wörter »Glückseligkeit«, »Leidenschaft« und »Liebestrunkenheit«, bei denen sie geseufzt und die sie in den sentimentalen Romanen so schön gefunden hatte, erscheinen ihr jetzt trügerisch und bedeutungslos.

Das Eheleben löst sich in völlige Vorhersehbarkeit auf. Charles' Konversation ist »platt wie ein Bürgersteig, und Allerweltsgedanken in Alltagskleidern bewegten sich darauf herum«.

Am groteskesten aber ist, daß Charles sie für »glücklich« hält. Und diese Gewißheit muß in Emmas Herz unweigerlich dumpfen Groll erzeugen, so daß sie schließlich die »satte Gemütsruhe«, das »stillvergnügte Behagen« ihres jungen Ehemannes haßt.

Selbst seine Zärtlichkeiten sind vorhersehbar und regelmäßig geworden: »Die ehelichen Umarmungen erfolgten nur noch zu festgesetzten Zeiten und waren eine Gewohnheit wie alles andere auch, gleichsam der auf der Speisekarte vorgesehene Nachtisch.« Kurz, »die Langeweile spann lautlos wie eine Spinne ihr Netz in allen Winkeln« des Hauses Bovary.

Diese Langeweile wird durch ein unerwartetes Geschenk unterbrochen: eine Einladung zu einem Fest bei dem Marquis d'Andervilliers nach La Vaubyessard... eine Einladung, die wie ein Sonnenstrahl den Nebel des Ehelebens aufreißt. Endlich findet Emmas Unruhe Nahrung. Das Schloß ist luxuriös, voll von Lichtern und Dienern in Galalivree. Emma bewundert begeistert jede Einzelheit, probiert die Köstlichkeiten, die ihr serviert werden, und stellt fest, daß sie noch nie Granatäpfel gegessen hat. Selbst der Puderzucker kommt ihr weißer und feiner vor als anderswo.

Die Menschen dort im Schloß »hatten den Teint des Reichtums, jene weiße Hautfarbe, die blasses Porzellan, schimmernde Seide und feinpolierte Möbel besonders zur Wirkung kommen läßt und die durch den geregelten Genuß erlesener Speisen rein erhalten wird«.

Der Marquis d'Andervilliers fordert sie sogar zum Tanz auf. Emma überläßt sich begeistert seiner Führung. So entdecken wir sie als erfahrene Tänzerin, die sich graziös den Armen ihres vornehmen Kavaliers überläßt.

Doch auch bei dieser Gelegenheit beobachtet Flaubert sie mit sehr geringer Sympathie. Während er uns einerseits auf ihre Anmut und Schönheit aufmerksam macht, warnt er uns andererseits vor ihrem Egoismus, der bei entsprechender Gelegenheit in grausame Gefühllosigkeit und sogar verletzende Aggressivität umschlagen kann.

Als Charles in seiner, Zärtlichkeit einflößenden, Schüchternheit beschließt, auch eine Runde zu tanzen, blitzt sie ihn mit scharfem Vorwurf im Blick an. Ein Arzt, der Achtung verdient, zischelt sie ihm zu, mischt sich nicht unter die Tanzenden. Gekränkt und kleinlaut kehrt er, ohne einen Widerspruch zu riskieren, an seinen Platz zurück.

Später nähert er sich Emma mit einer liebevollen Geste, zufrieden, daß sie sich amüsiert und einen so glücklichen Eindruck macht. Aber Emma nimmt ihn kaum wahr, schiebt ihn brutal beiseite und sagt: »Laß mich! Du zerknüllst mir ja alles.«

Wieder zu Hause, versinkt Emma, wie vorherzusehen, erneut in Langeweile. Der Besuch bei dem Marquis d'Andervilliers hat »einen Riß in ihrem Leben aufgetan, wie im Gebirge manchmal ein Gewittersturm in einer einzigen Nacht tiefe Spalten aufreißt«.

Ihr Ballkleid wird im Schrank eingeschlossen, zusammen mit den Atlasschühchen, »deren Sohlen vom Parkettwachs eine bräunliche Politur bekommen hatten. Ihrem Herzen war es ähnlich ergangen: von der Berührung mit dem Reichtum war etwas haftengeblieben, das nie wieder wegzubringen war.«

Zum Trost kauft sich Emma einen Stadtplan von

Paris und denkt sich Spaziergänge mit der Fingerspitze durch die Hauptstadt aus. Gleichzeitig abonniert sie Frauenzeitschriften mit vielversprechenden Titeln wie »La corbeille« [Der Blumenkorb] oder »Sylphe des salons« [Sylphe der Salons].

Flaubert war sehr sorgfältig und machte sich kundig, bevor er schrieb: »Nun versuche ich schon seit zwei Tagen, in Jungmädchenträume zu gelangen«, heißt es in einem Brief an seine Geliebte, Louise Colet, am 3. März 1852, »und schiffe dafür auf den milchigen Ozeanen der Ritterromane umher, unter Troubadouren mit weißbefederten Samtkappen. Erinnere mich daran, daß ich mit Dir darüber spreche. Du kannst mir genaue Einzelheiten verschaffen, die mir fehlen.« Eine subtile Perfidie, als ob er sagen wollte: Nur du, die du dich in den kleinen Dingen von schlechtem Geschmack auskennst, kannst mir Hinweise für die Wahl von Emmas Lektüre geben.

Und weiter: »Ich muß meine Heldin auf einen Ball bringen. Es ist so lange her, daß ich einen erlebt habe, daß es einen großen Aufwand an Vorstellungskraft von mir erfordert. Und dann ist es so gewöhnlich, so überall schon beschrieben! Es wäre ein Wunder, wenn es mir gelänge, die Banalität zu vermeiden.« (An Louise, *2. Mai 1852*)

Emma kann nicht umhin, wenn auch nur von weitem »Uraufführungen, Rennen und Abendgesellschaften [...] das Debut einer Sängerin oder die Eröffnung eines Warenhauses« zu verfolgen.

Da sie sich mit ihrem Mann nichts zu sagen hat, kommt es so weit, daß sie das Buch oder die Zeitschrift, die sie gerade liest, mit zu Tisch nimmt, um darin vertieft die Seiten umzublättern, während Charles ißt und allein vor sich hin redet.

»Je näher ihr übrigens die Dinge standen, um so mehr schloß sich ihr Innenleben dagegen ab«, erklärt uns Flaubert. »Was sie unmittelbar umgab – die langweilige Landschaft, die stumpfsinnigen Spießbürger, dies ganze Durchschnittsdasein –, kam ihr wie eine Ausnahmeerscheinung in der Welt vor, eine Enge, in der sie nur durch Zufall festgebannt war, während sich überall draußen das unabsehbare Reich der Glückseligkeiten und Leidenschaften breitete.«

Emma verwechselt in ihren Wunschträumen »Herzensglück mit Wohlstand, Gefühlszartheit mit äußerer Eleganz«.

Wie ließen sich die Nöte eines liebesunfähigen, durch und durch gelangweilten Herzens besser beschreiben? Und dabei hat Emmas Langeweile in manchen Augenblicken sehr große Ähnlichkeit mit der Langeweile ihres Autors, so wie er sie in seinen Briefen beschreibt. »Mich ödet alles an, das Leben, ich selbst, die anderen, alles. Durch Willensstärke habe ich mich ans Arbeiten gewöhnt. Doch wenn ich die Arbeit unterbrochen habe, steigt mein ganzes Angeödetsein wieder an die Wasseroberfläche wie ein aufgequollenes Aas, stellt seinen grünen Bauch zur Schau und verpestet die Luft zum Atmen.« (*2. Dezember 1846*)

Oder: »Was für einen düsteren Sonntag habe ich gestern verbracht! Du jedenfalls hast ein fröhliches Gemüt«, schreibt er am 14. September 1846 an Louise, »Du spürst sie nicht, diese Schwindelanfälle von

Lebensüberdruß, die einen den Tod herbeisehnen lassen. Du hast nicht die Widerwärtigkeit des Lebens in Dir.«

Emma Bovary wartet auf ein Ereignis, auf etwas, das sie ablenkt von der unerträglichen Monotonie der Ehe. Eine weitere Einladung des Marquis d'Andervilliers nach La Vaubyessard? Vielleicht. Aber vielleicht auch etwas anderes. Aber was? Unterdessen gehen die Tage grau dahin, einer wie der andere, und sie, die sich zunächst angewöhnt hatte, sich, wenn sie allein war, ans Klavier zu setzen, fragt sich jetzt: »Wozu Klavier spielen? Wer hörte ihr schon zu?« Und so bleibt das Klavier immer öfter stumm.

Emma hört sogar auf, Liebesromane zu lesen. Nach und nach läßt sie sich gehen, auch körperlich. Sie kümmert sich nicht mehr um den Haushalt, auch nicht mehr um ihre Garderobe und verbringt ganze Tage im Schlafzimmer, mit Morgenrock und häßlichen »grauen Baumwollstrümpfen« bekleidet. Sie wird launisch und unberechenbar, »den einen Tag trank sie nur Milch, den nächsten ein Dutzend Tassen Tee«.

Warum die anderen und sie nicht? Das ist der Gedanke, der sie quält. Warum besitzt die Marquise d'Andervilliers, »die plumper gebaut« ist und weniger feine Manieren hat als sie, Pferde und Diener, während sie sich mit diesem Provinznest begnügen muß? »Sie verwünschte die Ungerechtigkeit Gottes«, der sie all dessen beraubt, ihr aber das Gefühl ihrer nie gestillten Gelüste danach gelassen hatte.

Ist dies nicht auch der Groll des kleinlichen Dämons von Sologub? Zwischen ihm und Emma bestehen

Ähnlichkeiten, sie sind gewissermaßen Cousin und Cousine. Aber während Sologub uns seinen Helden als eindeutig verachtenswert und weit von ihm entfernt darstellt, erzählt Flaubert uns von seiner Emma zwar wie von einem verachtenswerten, aber auch geliebten oder zumindest »erduldeten« Geschöpf, das ihm zu gut bekannt und zu sehr verhaßt war, als daß er nicht irgendwie von ihm beeinflußt sein mußte. So sehr beeinflußt, daß er sich mit Emma verwechselt, sich für ihren Bruder, für ihresgleichen hält.

Emma ist von Neid umgetrieben wie der kleinliche Dämon, tut aber nichts, um ihre Gier zu befriedigen. »Sie schluchzte vor Neid und Sehnsucht nach dem rauschenden Leben, nach nächtlichen Maskeraden, gewagten Vergnügungen und all den Tollheiten, die sie nicht kannte, die es aber doch sicher gab.«

Sie wird blaß und fängt an, unter Herzklopfen zu leiden. Ihr stets besorgter und verliebter Mann verordnet ihr Baldrian und empfiehlt ihr Kampferbäder. Doch alles, was man für sie zu tun versucht, »schien sie nur noch mehr zu reizen«.

Eines ihrer heimlichen kleinen Vergnügen ist es, sich eine halbe Flasche Kölnisch Wasser über die Arme zu schütten.

Charles denkt schließlich, der Ort, wo sie wohnen, habe diese ungünstige Wirkung auf sie. Er fragt sich, ob es nicht angebracht sei, sich anderswo niederzulassen. Inzwischen hat Emma sich angewöhnt, Essig zu trinken, um abzumagern, »ein kleiner trockener Husten stellte sich ein, und der Appetit verschwand völlig«.

Als Charles und Emma nach Yonville umziehen, ist Emma schwanger. Aber begeistert ist sie weniger von dieser Neuigkeit als von dem Gedanken an eine wie auch immer geartete Veränderung: neue Gesichter, ein neues Haus und wer weiß welche eventuellen, wenn auch noch gänzlich vagen und fiktiven Begegnungen.

Für den jungen Arzt ist dieser Ortswechsel ein schwerer Rückschlag. Er wird die wenigen Patienten verlieren, die er mühsam erworben hat, und noch einmal ganz von vorn anfangen müssen. Aber die Liebe zu seiner Frau ist großherzig und frei von Zweifeln. Wenn Emma das Klima nicht bekommt, zieht man eben woandershin. Unbeschwertheit und Gesundheit des geliebten Menschen haben Vorrang vor Beruf und Karriere. Zum Glück hat er eine Stelle als Gemeindearzt acht Meilen von Rouen entfernt gefunden, also in einer weniger abgelegenen und einsamen Gegend als Tostes.

In Yonville mieten sie, bis ein neues Haus eingerichtet ist, Zimmer in einem Gasthof. Dort treffen sie einen blonden, gutaussehenden jungen Mann, der sofort Emmas Aufmerksamkeit auf sich zieht. Er heißt Léon und ist Kanzleigehilfe bei einem Notar.

Und damit sind wir schon beim Hauptthema des Buches: dem Ehebruch. Wie denkt Flaubert darüber? Die Antwort fällt nicht leicht. Einerseits scheint er angewidert von der katholisch bürgerlichen Dämonisierung des weiblichen Ehebruchs. Was kann denn für eine junge schöne Frau, die mit einem unfähigen und wenig sinnlichen Mann verheiratet ist und vor Langeweile stirbt, schlimm daran sein, von der Liebe zu träumen und sie, wenn es sich ergibt, voll und ganz zu leben?

Andererseits jedoch scheint er schon, bevor er überhaupt angefangen hat, davon zu sprechen, der ebenso unerträglichen Rhetorik der Liebenden überdrüssig zu sein, die ihren Bauchnabel für den Mittelpunkt der Welt halten und ihr sexuelles Verlangen mit mystifizierenden Sätzen voller Getue bemänteln.

Charles Bovary hat alle Eigenschaften eines Ehemannes, der damit, daß er aus dem Zusammenleben alles Unvorhersehbare und selbst ein Minimum an sexuellem Geplänkel ausschließt, den Betrug durch seine Frau, wenn auch unbewußt, einkalkuliert.

Vorausgesetzt, er erfährt nichts davon, scheint seine blinde und bisweilen auch komische Nachsichtigkeit anzudeuten, vorausgesetzt, man zwingt ihn nicht zu einer Entscheidung!

Er weiß, daß er langweilig und wenig begehrenswert ist, aber er weiß auch, daß er seine Frau, in die er verliebt ist, nicht verlieren will. Seine Auffassung von der Ehe ist einfach und träge, so einfach und träge wie sein Charakter, der sich mit wenigem begnügt und Rosen sieht, wo nur Dornen sind.

Charles Bovary wird auch hier von Flaubert mit unterschwelliger Sympathie beobachtet, obgleich er ihn alle fünf Minuten einen Esel nennt; seine Nachsichtigkeit schöpft aus dem tiefen Brunnen der Liebe. Wenn er sich auch der Feigheit schuldig macht, nie wird Charles von Engherzigkeit oder Vorteilssuche getrieben. Er ist wirklich großzügig, weil er tatsächlich aufrichtig das Wohl der geliebten Person will. Und so bemerkt er ihre Vergehen, ihre Unduldsamkeit und ihre Lügen nicht. Es ist ein mütterliches Wohl, ein ahnungsloses und unbedingtes Wohl, mit dem er seine Geliebte wie eine Lieblingstochter umgeben, rechtfertigen und schützen will.

Und Emma? Emma, die zunächst anscheinend die Solidarität des Autors hervorruft, so daß er die geheimsten Gelüste und tiefsten Unzufriedenheiten seiner Figur rechtfertigt, Emma, deren Ausbruchsbedürfnis durch die platte Ungeschicklichkeit ihres Ehemannes, den Überdruß eines ausweglosen Provinzlebens und ihre besondere Empfänglichkeit für das Schöne entschuldbar scheint, was denkt und wie empfindet Emma ihrem Autor zufolge?

Hier vollzieht sich das Flaubertsche Wunder: die Rechtfertigung des Ehebruchs bei gleichzeitiger Verurteilung der Ehebrecherin. Verständnis für die Gründe eines armseligen, langweiligen Lebens bei gleichzeitiger scharfer Verurteilung desjenigen, der sich dieses Leben nicht zunutze zu machen weiß und sich wie Emma an abgeschmackter Lektüre und unrealisierbaren Träumen berauscht.

Genau das Gegenteil dessen, was die katholische Kirche tut, wenn sie die Sünde verurteilt, aber dem Sünder gegenüber Nachsicht übt, wenn sie sich streng gegen die Übertretung des Prinzips zeigt, dem einzelnen aber seine Übertretung nachsieht. Dem einzelnen, der demütig seine Schuld bekennt, um dann vielleicht wieder von neuem anzufangen, aber die Norm unangetastet läßt.

Wenn etwas an einem Ehebruch zu verurteilen ist, gibt uns Flaubert zu verstehen, dann nicht die Sünde des Fleisches, sondern der Mangel an Phantasie und die Scheinheiligkeit eines Verhaltens, das aus kleinen Ausflüchten und finsteren Lügen besteht.

Übrigens zeigte der Autor auch im Leben die gleichen Reaktionen. An Louise Colet, die sich, obwohl sie mit Hippolyte Colet verheiratet war, in aller Freiheit ihre Liebhaber nahm, empörte ihn nicht der Ehebruch, sondern er fand es abstoßend, daß sie sich bei der Wahl ihrer Liebhaber von einer etwas naiven und künstlichen Bewunderung für modische Literaten und Philosophen leiten ließ statt von echter sinnlicher Anziehung.

Andererseits war Flaubert nicht jemand, der in Gefühlsdingen sagte, wie es wirklich war. Sein Leben lang hat er seiner Mutter sorgsam seine Gefühle für andere Frauen verheimlicht, und zwar durchaus mit Hilfe von Lügen, Ausflüchten und simpelsten Täuschungsmanövern.

Aber kommen wir auf Emma zurück, die bis spätabends am Kamin des Gasthofes mit dem jungen *clerc* plaudert. Es ist ein glücklicher Moment für sie, da sie ganz in Anspruch genommen ist von den neuen Freuden, Léons diskretem Hofieren und ihrer Schwangerschaft, die von den üblichen mystifizierenden Wunschvorstellungen begleitet wird: Es wird ein Junge werden, sagt sie sich, »groß und stark und dunkelhaarig«, er wird etwas Besonderes sein, ein Engel, Georges soll er heißen und sich an ihrer Stelle für alles revanchieren.

Aber Emma, sagt uns Flaubert, ist unfähig, sich zu begnügen. Durch eine systematisch verfälschende Bildung verwirrt, verleitet ihr Wesen sie dazu, immer etwas anderes, Unerreichbares, Fernes und Imaginäres zu begehren.

Ein solcher Charakter jedoch ist teilweise, wie wir in den Briefen entdecken, auch dem Autor eigen. Auch ihn widert die Gegenwart an, als sähe er sie, während er sie lebt, bereits in Vergangenheit verwandelt. Auch er sehnt sich, während er eine Sache genießt, schon nach einer anderen.

Das sind sehr menschliche Gefühle, in denen wir uns alle zumindest teilweise wiedererkennen. Aber Flaubert erbost sich darüber wie über eine besondere und hart zu verurteilende Eigenschaft, auch wenn er manchmal sogar Gefallen daran zu finden scheint. So schreibt er in einem Brief an Louise: »Es kommt mir so vor, als sei es zehn Jahre her, daß wir in Mantes waren. Das ist weit, weit fort, diese Erinnerung erscheint mir schon in einer strahlenden, traurigen Ferne, schillernd in einer unbestimmten Farbe, herbe und glühend zugleich. In meinem Kopf ist sie schön wie ein Sonnenuntergang über dem Schnee. Der Schnee ist mein gegenwärtiges Leben; die Sonne, die darauf fällt, ist die Erinnerung, feuriger Widerschein, der ihn erleuchtet.« (*14. September 1846*)

Emma scheint wirklich Teil von Flauberts mentaler Struktur zu sein. Nur hat sie den Fehler, daß sie sich selber nicht so zu sehen und zu beurteilen vermag und es nicht versteht, aus ihren eigenen Schwächen jene originäre Sprachstruktur zu erschaffen, die allein deren Unordnung aufwiegen kann. Emma nährt sich von mittelmäßigen Büchern, und deshalb ist ihre Unzufriedenheit nie wirklich tragisch, sondern grotesk, nicht zu bedauern, sondern zu belächeln.

»Ein Mann ist doch wenigstens frei«, sagt Emma, »er kann alle Leidenschaften durchleben, alle Länder bereisen, Hindernisse besiegen und jedes, auch das fernste Glück erobern. Eine Frau aber ist immer gehindert. Passiv und fügsam zugleich, steht sie zwischen den Verführungen der Sinnlichkeit und dem Zwang zur Sittsamkeit. Ihr Wille gleicht dem Schleier ihres Hutes, der von jedem Windhauch bewegt und zugleich von einem Band festgehalten wird. Immer gibt es ein Verlangen, das sie lockt, und eine herkömmliche Moral, die sie zurückhält.«

Uns ist, als hörten wir Louise Colet, die Frau, die Flaubert einige Monate lang mit überraschter und leidenschaftlicher Liebe geliebt, mit der er aber darüber hinaus unter Begehren und Ablehnung, Schmeicheleien und Beleidigungen gut sechs Jahre korrespondiert hat (von 1846 bis 1848 und dann von 1851 bis Anfang 1855).

Louise war eine schöne Frau, zehn Jahre älter als Flaubert. Als sie sich kennenlernen, ist Flaubert fünfundzwanzig und sie fünfunddreißig. Sie hat dichtes blondes Haar und trägt ein blaues Kleid, sehr ähnlich, wenn nicht genauso wie das blaue Merinowollkleid, das Emma Bovary trägt, als Charles sie zum ersten Mal sieht und sich in sie verliebt. Sie ist eine großzügige, intelligente, extravertierte und sensible Frau voller gescheiterter Ambitionen.

Gescheitert, weil ihre Werke (Gedichte, Komödien und Romane) emphatisch und ohne jede Originalität sind, aber sie will kreativer als Georges Sand und Madame de la Lafayette zusammen sein. Sie hat kein Ohr für die Schriftsprache, auch wenn viele ihrer Verse durchaus mehr als ehrenwert sind und ihre Versdichtung über die Bäuerinnen mit dem Titel *La paysanne* ein sehr engagiertes und leidenschaftliches Werk ist.

Was Flaubert an Louise verabscheute, war ein bestimmter »sozialer Optimismus«, der sie dazu verleitete, sich wie Don Quichotte auf die Seite verlorener Angelegenheiten zu stürzen. Louise wollte in begeisterter Erinnerung an ihren berühmten revolutionären Onkel, Jean-Baptiste Le Blanc, in Italien Garibaldi treffen und ging mit bewundernswertem Mut dem Kanonendonner entgegen. Sie fuhr, eine Verhaftung riskierend, nach London, um mit Mazzini zu reden, während Flaubert bei seinen Reisen einer schwelgerischen (manchmal auch falschen) Vorstellung vom durch und durch verdorbenen, mystischen Orient folgte.

Man braucht nur an seine Visionen von Wüsten, Kamelen, Federn und Palmen zu denken, die in so vielen Briefen immer wiederkehren. Als er sich schließlich zur Reise in seinen erträumten Orient entschließt, ist er enttäuscht, auch wenn das der Schwärmerei keinen Abbruch tut. Die Begegnung mit der berühmten Priesterin und Prostituierten Kuchuk-Hanem bringt ihm die Syphilis ein, so daß seine Mutter ihn bei seiner Rückkehr nach Croisset kaum wiedererkennt: Er hat viele Haare verloren, ist fett geworden, und einige Zähne sind ihm ausgefallen.

Flaubert beschuldigt Louise außerdem der »Ungenauigkeit« beim Schreiben. Er, der so genau und pingelig ist, kann ihre Leichtfertigkeit nicht ertragen: »In zehn Tagen hast Du sechs Erzählungen geschrieben! Ich begreife es nicht. [...] Ich dagegen bin wie die alten Aquädukte: Am Rand meines Denkens liegt so viel Schutt, daß es langsam dahinfließt und nur Tropfen für Tropfen von meiner Federspitze fällt.« (*29. November 1853*)

Es ist bekannt, daß das Schreiben für Flaubert eine »Anstrengung« war; es ist bekannt, daß er Tage und Monate mit der Suche nach einem Wort, einer Wendung zubringen konnte. So daß die Brüder Goncourt ihn in ihren Tagebüchern häufig verspotteten: »Mit dem Rhythmus treibt Flaubert einen Kult«, schrieben sie im April 1861. Und: »Im Grunde leidet der arme Kerl an einem schlechten Gewissen, das sein Leben vergiftet [...] weil er in *Madame Bovary* zwei Genitive aneinandergefügt hat.« (*3. März 1862*)

Übrigens bezeichnet er sich auch selber als einen

»Gefangenen« des Stils, der ihn quäle und plage. »Ich werde von Vergleichen aufgefressen wie von Läusen, und ich verbringe meine Zeit damit, sie zu zerquetschen; meine Sätze wimmeln davon.« (*27. Dezember 1852*)

Oder: »Von einer Sache bin ich überzeugt, nämlich daß niemand jemals eine vollkommenere Art von Prosa im Kopf hatte als ich; doch wenn es an die Ausführung geht, was für Schwächen, was für Schwächen, mein Gott! Es kommt mir nicht unmöglich vor, der psychologischen Analyse das Tempo, die Schärfe, die Heftigkeit einer rein dramatischen Darstellung zu geben. Das ist nie versucht worden und wäre schön. Ob mir das wohl ein bißchen gelungen ist? Ich weiß es nicht. Zur Zeit habe ich überhaupt keine klare Meinung über meine Arbeit.« (*22. Juli 1852*)

»Im Moment habe ich einen steifen Hals, womit ich ziemlich lächerlich aussehe. Doch all das wäre fast nichts, wenn mich nicht der Stil plagte, mehr als alle Krankheiten der Welt. Nun sind es schon dreieinhalb Monate, daß ich ohne Pause von morgens bis abends schreibe. Ich bin am Ende durch das permanente Gereiztsein, weil es mir fortwährend unmöglich ist, etwas ›von mir zu geben‹. Die Bourgeois haben gut reden, diese Sahne ist nicht leicht zu schlagen. – Je weiter ich vorankomme, desto mehr Schwierigkeiten entdecke ich beim Schreiben der einfachsten Dinge, und um so mehr ahne ich, wie leer die sind, die ich für die besten gehalten hatte.« (*Ende November 1847*)

Louise indes schickt ihm außer den ständigen Geschenken (Handschuhe, ein Ring, ein Spazierstock, von genau dem gleichen Geschmack, wie wir sie bei Emma wiederfinden) auch die Bücher, die ihr gefallen haben: *Cléôpatre* von Madame de Girardin zum Beispiel, das Flaubert als »elenden Schinken« bezeichnet, *Graziella* von Lamartine und andere Bücher, die gerade Mode sind.

»Es gibt hübsche Details«, schreibt er über Lamartine als Antwort auf Louises beharrliches Nachfragen, »[...] zwei oder drei Naturbilder mit schönen Vergleichen wie dem eines wieder und wieder aufleuchtenden Blitzes, der an ein Augenzwinkern erinnert: das ist so ungefähr alles. – Aber zunächst einmal, um es klar zu sagen, vögelt er mit ihr, oder vögelt er nicht mit ihr? [...] Sind das schöne Liebesgeschichten, wo die Hauptsache so geheimnisumwoben ist, daß man nicht weiß, woran man sich halten soll! Wo die sexuelle Vereinigung so systematisch ins Dunkel verwiesen ist wie trinken, essen, pissen etc.!« (*24. April 1852*)

Und dann geht er geduldig zu Ratschlägen über: »Lassen Sie nichts außer acht, arbeiten Sie, fangen Sie noch einmal an und legen Sie das Werk erst aus der Hand, wenn Sie zu der Überzeugung gekommen sind, es zu der höchsten Vollendung geführt zu haben, die Sie ihm zu geben vermögen.« (*Ende November 1847*)

Wie einem Lehrer schickt Louise ihm ihre Manuskripte zur Korrektur, und er verbringt mit unendlicher Geduld die Nachmittage damit, die Reime seiner Schülerin auseinanderzunehmen, wobei er große Zeichen auf das Papier malt. »Endlich sind wir fertig mit Deinem Werk [*L'Acropole*]. Seit zwei Uhr sitzen wir daran, ununterbrochen, bis auf eine Stunde Essenspause. Ich bin zuversichtlich. So wird es gehen. Wir haben Dir die Arbeit außerordentlich vereinfacht [...] Bouilhet sucht gerade noch den letzten Vers. Er war großartig. Das ganze Stück ist von ihm völlig umgeschrieben worden. Und er hat eine Idee gehabt, die ich als dantisch und obeliskenhaft zu bezeichnen wage [...] Als Belohnung für unsere Arbeit, die nicht geringzuachten ist, laß das Ganze jetzt gleich (für Dich und für uns) so abschreiben, wie wir es korrigiert oder neugeschrieben haben [...] und dann sehen wir, ob es noch etwas daran auszusetzen gibt. Das Ganze wird uns dann deutlicher werden [...] Die Verse, die unsauber aussahen, sind gereinigt worden, und der Haufen von mittelmäßigen ist erbarmungslos hinausgeflogen.« (*14. März 1853*)

Als Louise, die ihre Verse nicht mehr wiedererkennt, protestiert, antwortet Flaubert: »War ein Vers schlecht, so haben wir uns damit abgeplagt, ihn zu verbessern, jedoch ohne ihn zu ändern, damit er zum zweiten, den wir beibehielten, paßte [...] Wir haben mit großem Eifer daran gearbeitet, schlechte Assonanzen zu beheben und die Liaison zu beachten (eine Sache, mit der Du zu sorglos umgehst), wir haben schließlich all das nicht als gut ausgegeben, sondern als einen Hinweis. Wir haben Deine Aufmerksamkeit auf offenkundig schlechte Stellen gelenkt. So hatten wir wohl nicht unrecht, wenn wir anstelle des Verses: ›La colonnade encor debout des Propylées‹ geschrieben haben: ›L'éternelle blancheur des longues Propylées‹ [...] Es gibt mehrere Passagen, bei denen Bouilhet und ich nicht gleicher Meinung waren, aber wir sind darüber hinweggegangen und haben nichts dazu gesagt, aus Angst, wir könnten uns täuschen. Was alle übrigen betrifft, so haben wir immer beide gleichzeitig spontan ausgerufen: ›Nein! nein! das lassen wir ihr nicht durchgehen.‹« (*14. März 1853*)

Doch Louise ist nicht zufrieden und erwidert und verteidigt ihre Verse so, wie sie sie geschrieben hat. Worauf Flaubert verärgert antwortet: »Mein erster Impuls war, Dir Dein Manuskript kommentarlos zurückzuschicken, da Dir unsere Bemerkungen nichts nützen und Du sie nicht einsehen willst (oder kannst). Warum fragst Du uns nach unserer Meinung und fällst uns auf die Nerven, wenn alles nur auf verlorene Zeit und gegenseitige Vorwürfe hinausläuft? Ich gestehe Dir, wenn ich mich nicht zurückhielte, würde ich Dir noch ganz andere Dinge sagen. Und mich überkommt dabei eine große Traurigkeit: was soll ich von Deiner lobenden Kritik mir gegenüber halten, wenn ich sehe, welche schweren Fehler Du in Deinen eigenen Werken machst? Und wenn es wenigstens um Exzentrizitäten ginge, um originelle Einfälle! das ginge ja noch, aber nein! es sind immer Banalitäten, die Du verteidigst, Plattheiten, die Dein Denken verwässern, häßliche Assonanzen oder konventionelle Wendungen. Du verbeißt Dich in Lappalien. Wenn ich Dir sage, daß ›sardoine‹ das französische Wort für das lateinische ›sardonix‹ ist, antwortest Du mir, das höre sich an wie ›sardine‹ [...] Ja, wenn Du *Melaenis* geschrieben hättest, dann hätten wir es mit Gelehrsamkeit zu tun gehabt. In Deiner Besessenheit, unsere Korrekturen zu korrigieren, fügst Du noch Fehler hinzu: der seidene

Sonnenschirm. Aber die Griechen kannten keine Seide, oder sie war so selten, daß es auf das gleiche herauskommt.« Und zu der Erzählung über eine Frau, die in den Armen ihres Vergewaltigers stirbt, schreibt Flaubert empört: »Nein, so kann man nicht schreiben! Das ist unanständig! Außerdem, wo gibt es eine Frau, die vergewaltigt worden und daran gestorben wäre?« (*11. März 1853*) So vermischt er mit einer gewissen männlichen Anmaßung psychologische und technisch-stilistische Belehrung.

Aus diesem Brief wird eine seltsame Situation deutlich: Louise Colet, die Geliebte, ist weit weg und wird für ihre Schreibweise schwer gerügt. Louis Bouilhet und Gustave Flaubert verbringen in Croisset zusammen Stunden damit, Louises Texte zu korrigieren, wobei sie berufliche Strenge mit kameradschaftlicher Grausamkeit vermischen. Man glaubt die beiden förmlich zu sehen, wie sie, über die Blätter gebeugt, hartnäckig in Louises etwas unbeholfenen Versen herumstochern, um es ihr »heimzuzahlen«.

Was man nicht begreift, ist Louises Blindheit. Wie kann sie die Mißgunst der beiden Freunde übersehen, die hinter ihrem Rücken über sie lachen und sobald sie können, kein gutes Haar an ihr lassen? Zwar sagen sie es ihr nicht, aber aus ihren Briefen läßt sich ein Gefühl herauslesen, das, wenn auch nicht klar ausgesprochen, doch deutlich erkennbar ist.

»Hast Du Dein monströses Gerät (Kriegsgerät, Lustwerkzeug) endlich wieder flottgemacht«, schreibt Flaubert an Louis Bouilhet. »Bei Edma oder bei der Blanchecotte oder bei beiden? Wie auch immer, Alter,

Du hast keine Schönheiten in Deinem Harem (allerdings sind sie alle beide ein wenig pikant). [...] Die Blanchecotte ist sicher eine Giftkröte. Sie ist eine leidenschaftliche Frau, sieh Dich vor [...] es wäre vielleicht weiser, zur guten alten Masturbation zurückzukehren [...] Mir scheint, Du vergißt Ludovica. Es wäre ein Fehler, wenn Du nicht mehr zu ihr gingest, sie kann Dich noch besser dazu bringen, gute Schüsse abzufeuern, als die Muse [Louise Colet], *inter nos.* Und da wir gerade von der Muse reden: Weißt Du, daß sie in ihrem vorletzten Brief andeutete oder sogar aussprach, Du könntest mich über kurz oder lang verlassen oder zumindest ›eines Tages andere Freunde vorziehen‹, und sie sang ein großes Loblied auf Guérard, den Du angeblich ›von Tag zu Tag mehr‹ liebst, weil er sich immerhin ›um die materielle Seite des Lebens‹ kümmert? (Verliere um Gottes willen kein Wort darüber!) Ich war so empört, daß ich darauf verzichtet habe, ihr zu schreiben. Ich hätte mit zu vielen Beschimpfungen geantwortet. Ich fand diesen rhetorischen Trick wirklich zu stark! Vielleicht meinte sie es ja ehrlich, die arme Frau? – Ich habe sie nur scherzhaft ein wenig in ihre Schranken verwiesen, das war alles. Aber wie findest Du es, daß dieses Weibsbild sich zwischen uns steckt? [...] Sie macht mich sehr traurig, die arme Muse. Ich weiß nicht, was ich mit ihr machen soll [...] Was meinst Du, wie das ausgeht? Ich wittere, daß sie mich sehr satt hat. Für ihre innere Ruhe wäre es zu wünschen, daß sie mich fallenläßt. In Gefühlsdingen ist sie eine Zwanzigjährige, und ich bin sechzig (da kannst Du schöne Studien treiben).« (*8. Dezember 1853*)

Doch Louise beherrschte wie Emma die Kunst, nicht zu sehen. Sie sah nicht und begriff nicht, daß ihr Gustave, wiewohl er nicht den Mut hatte, sie sitzenzulassen, sie restlos satt hatte und hoffte, sie werde die Initiative ergreifen. Sie sah nicht, daß die beiden Männer eine Intimität pflegten, aus der sie ausgeschlossen war, trotz der Komplikation der Korrespondenz zu dritt.

»Du liebst mich ungeheuer«, schreibt Gustave am 14. Dezember 1853 an Louise, »viel mehr, als man mich jemals geliebt hat und je lieben wird [...] Aber Du liebst mich [...] mit den ewig gleichen Klagen [...] Du regst Dich über eine Wohnung auf, über eine Abreise! über einen alten Bekannten, den ich besuchen gehe. Und Du glaubst, daß mich das wütend macht? nein, nein! Aber es macht mich traurig und verzweifelt um Deinetwillen [...] Hör auf Bouilhet. Er ist ein großartiger Mensch, und zwar einer, der nicht nur Verse zu schmieden versteht, sondern Verstand hat, wie die Bourgeois sagen, etwas, was den Bourgeois im allgemeinen abgeht. – Und den Dichtern ebenso.«

»Du weinst, wenn Du allein bist, arme Freundin! Nein, weine nicht, beschwöre die Gesellschaft der Werke, die gelingen sollen, ruf ewige Gestalten herbei [...] In der Tat wollen Männer immer geliebt werden! selbst wenn sie gar nicht lieben. – Und wenn ich mir manchmal gewünscht habe, daß Du mich weniger liebtest, dann waren das die Momente, wo ich Dich am meisten liebte, dann, wenn ich Dich um meinetwillen leiden sah.« (*29. November 1853*)

»Du liebst das Dasein; Du bist eine Heidin und Südländerin; Du hältst die Leidenschaft in Ehren und trachtest nach dem Glück [...] Ich aber verabscheue das Leben. Ich bin Katholik. Mir sitzt etwas vom Grünspan der normannischen Kirchen auf dem Herzen [...] Wie soll ein Mann, der durch die Kunst verroht ist, wie ich es bin, unausgesetzt gierend nach einem Ideal, das er nie erreicht [...] wie soll so einer mit dem Herzen eines Zwanzigjährigen lieben und den Erfindungsreichtum der Leidenschaften besitzen, der deren Blüte ist?« (*14. Dezember 1853*)

»Verflucht sei die Familie, die die Herzen der Mutigen verweichlicht, die zu allen Feigheiten, zu allen Zugeständnissen drängt und Dich in einen Ozean von Milch und Tränen taucht.« (*5. Oktober 1855*)

Wie sollte er noch deutlicher seinen Widerwillen gegen jede Liebesgewohnheit, jede längerfristige Bindung, jede Institutionalisierung der Liebe äußern?

Die Frauen, die ihm gefielen, waren entweder Prostituierte (wie oft war er mit seinen Freunden in Bordellen glücklich!) oder verheiratete Frauen, mit denen er nur wenige heimliche Worte wechseln konnte, wie offenbar mit Elisa Schlésinger in Trouville.

Louise Colet indes erscheint ihm als Ausnahme, als eine, der es gelingt, die Tradition eines Junggesellendaseins in der Provinz zu durchbrechen. Doch sie wird ihm bald langweilig, aber gerade weil sie weder eine Prostituierte noch eine heimliche Ehebrecherin ist, schafft er es nicht, sie brutal zu verlassen. Deshalb schleppt er diese Beziehung mit ihren sporadischen, seltenen Treffen auf neutralem Boden, der weder sein Haus in Croisset noch Louises Haus in Paris ist, immer weiter hin.

Das emotionale und geistige Leben, das Spiel der Sinne, der Gedankenaustausch findet anderswo statt, mit den Freunden, den jungen Männern, die in die Literatur oder in die Reiseabenteuer verliebt sind.

In diesem Zusammenhang lohnt es sich, einen in der offiziellen *Correspondance* lange unterdrückten Brief zu zitieren, der uns helfen kann, Flauberts Bedürfnis nach »Androgynie« zu verstehen.

»Heute morgen, lieber armer Freund«, schreibt er am 15. Januar 1850 an Louis Bouilhet, »habe ich Deinen heißersehnten, schönen langen Brief erhalten. – Er hat mich zutiefst gerührt. Ich habe mich ›naßgemacht‹. Wie sehr ich an Dich denke, ach Du, unschätzbarer Kerl! Wie oft am Tag sehe ich Dich vor mir und vermisse Dich! [...] Ich widme mich hier viel dem Studium der Parfum- und Cremeherstellung. [...] Ich gehe häufig in die türkischen Bäder. Die Verse Deines *Melaenis* habe ich verschlungen. Nur ruhig Blut! Wer sich nicht zu beschränken wußte, konnte noch nie schreiben. Ich platze fast zur Zeit. Ich hätte Lust, Deinen Kopf mit Fäusten zu traktieren. [...] Tänzerinnen haben wir noch keine gesehen. Sie sind alle nach Oberägypten verbannt. Die schönen Bordelle gibt es auch in Kairo nicht mehr. Aus der geplanten Flußpartie auf dem Nil mit Tänzerinnen und Musikanten ist nichts geworden. Aber wir haben nichts versäumt. Wir haben statt dessen Tänzer bekommen. Oh! Oh! Oh! [...] Stell Dir zwei komische Figuren vor, ziemlich häßlich, aber faszinierend mit ihrer gewollten Verkommenheit und Verdorbenheit im Blick und ihren femininen Bewegungen, ihren mit Antimon bemalten

Augen und ihren Frauenkleidern [. . .] weite Hosen und eine bestickte Jacke, die bis zur Magengrube reicht, während die Hosen mit einem breiten, mehrfach gefalteten Kaschmirgürtel erst in der Schamgegend beginnen, so daß der ganze Bauch, die Lenden und der Ansatz der Hinterbacken nackt bleiben bis auf einen schwarzen Gazeschleier über der Haut [. . .] Er kräuselt sich bei jeder Bewegung, die sie machen, über den Hüften wie eine durchsichtige dunkle Welle. Die Musik geht immer gleichmäßig weiter, ohne Pause, zwei Stunden lang [. . .] Es ist ein *Muskeltriller* (anders kann man es nicht bezeichnen). Wenn sich das Becken bewegt, bleibt der ganze übrige Körper unbeweglich. Bewegt sich dagegen der Oberkörper, bleibt alles andere ruhig. So kommen sie, mit gestreckten Armen Kupferplättchen aufeinander schlagend, auf einen zu, und das Gesicht unter Schminke und Schweiß bleibt ausdrucksloser als das einer Statue. Damit meine ich, daß sie niemals lächeln. Die Wirkung entsteht aus dem Gegensatz zwischen dem Ernst des Kopfes und den lasziven Bewegungen des Körpers. Manchmal legen sie sich ganz und gar rückwärts auf den Boden, wie eine Frau, die sich hinlegt, um sich vögeln zu lassen, und erheben sich dann mit einer Lendenbewegung wieder, wie ein Baum sich aufrichtet, wenn der Sturm vorüber ist. Beim Grüßen und Verbeugen bauschen sich ihre weiten roten Hosen plötzlich wie ovale Ballons, dann wieder scheinen sie zusammenzufallen, wenn die Luft entweicht. Von Zeit zu Zeit scharwenzelt der Kuppler, der sie gebracht hat, während des Tanzens um sie herum, küßt sie auf Bauch, Hintern, Lenden und macht lockere Scherze, um die Sache, die an sich schon klar ist, noch etwas pikanter zu machen. Es ist zu schön, als daß es erregend wäre. Ich bezweifle, daß die Frauen es mit den Männern aufnehmen können. Die Häßlichkeit der letzteren erhöht ihre Kunst um etliches. Ich habe mir dabei eine Migräne für den Rest des Tages eingehandelt [...] Hier ist das sehr wohlgelitten. Man gesteht seine Sodomie und redet bei Tisch darüber. Manchmal wird ein wenig geleugnet, aber dann schreien alle auf einen ein, und schließlich gibt man es zu. Da wir reisen, um uns zu bilden, und mit einer Regierungsmission beauftragt sind, betrachten wir es als unsere Pflicht, uns auch dieser Art von Ejakulation zu widmen. Eine Gelegenheit dazu hat sich noch nicht ergeben, aber wir suchen sie. Es wird in den Bädern praktiziert. Man bestellt das Bad (5 Francs, inklusive Masseure, Pfeife, Kaffee, Wäsche) und begibt sich mit seinem Knaben in einen der Räume. – Du weißt sicher, daß alle Jungen in den Bädern käuflich sind. Die Masseure [...] sind gewöhnlich sehr nette Jungen. Einen haben wir in einem Badehaus ganz in unserer Nähe entdeckt. [Das ›wir‹ steht für ihn und seinen Reisegefährten Maxime Du Camp.] Ich habe ein Bad für mich allein bestellt. Ich ging hin. Der Junge war just an diesem Nachmittag nicht da! – Ich war allein im Baderaum und schaute durch die dicken Glaslinsen in der Kuppel zu, wie der Tag zu Ende ging; das warme Wasser rann überall herab; ich lag da wie ein Kalb und dachte an alles mögliche, und meine Poren weiteten sich in aller Ruhe. Es ist etwas sehr Genüßliches und süß Melancholisches [...] Maxime hat es sich neulich machen lassen, in einer einsamen Gegend zwischen Ruinen, und hat großen Genuß empfunden. Aber Schluß jetzt mit den Schlüpfrigkeiten.«

Und einige Monate später antwortet er Bouilhet, der ihm aus Paris schreibt: »Apropos, Du fragst mich, ob ich in Sachen Bad zum Zuge gekommen bin. Ja, und zwar mit einem blatternarbigen jungen Burschen, der einen riesigen weißen Turban trug. Ich mußte lachen, das war alles. Aber ich werde es noch einmal probieren. Damit eine Erfahrung richtig ist, muß man sie wiederholen. Adieu, mein Alter mit der Feder. Dein, *sempre e adesso*, wie Antony sagt, war das schön?« (*2. Juni 1850*)

An einem Sonntagmorgen gegen sechs Uhr kommt Emma nieder. »Es ist ein Mädchen«, verkündet Charles ihr erfreut. Aber Emma sieht es nicht einmal an. »Sie wandte das Gesicht ab und fiel in Ohnmacht.«

Das Kind wird Berthe genannt und nach wenigen Tagen, wie damals üblich, zu einer Amme gegeben, einer gewissen Mutter Rollet, der Frau eines Schreiners, in ein armes schmutziges Haus außerhalb von Yonville. Genauso wie es Louise mit ihrem Mädchen macht, das sie gleich nach der Geburt zu einer Amme weit weg von zu Hause gibt. Wie es außerdem alle gutsituierten Mütter zu jener Zeit taten.

Man weiß nicht, ob Emmas spontane Abneigung gegenüber ihrer Tochter der Tatsache geschuldet ist, daß sie ihrem Vater ähnlich sieht, oder ob Emma darüber enttäuscht ist, daß es ein Mädchen geworden ist statt eines Jungen, wie sie es sich erträumt hatte, »groß und stark und dunkelhaarig, und Georges soll er heißen«.

Einen Monat später, als sie sich gerade anschickt, ihrer Tochter bei der Amme einen ihrer seltenen Besuche abzustatten, begegnet sie dem schönen Léon zum ersten Mal außerhalb des Hauses. Sie begegnen sich zufällig, und während er aus Sorge, sie zu kompromittieren, nach Ausflüchten sucht, bittet sie ihn, sie zu dem neugeborenen Kind zu begleiten.

Sie gehen erregt, nahezu wortlos, jeder in seinen eigenen Träumen befangen, nebeneinander her, bis beim Haus der Amme die Wirklichkeit in all ihrem Elend sie überfällt. »Auf das Knarren der Gartentür hin erschien die Amme, ein Kind auf dem Arm, das sie eben stillte. An der anderen Hand zog sie ein kümmerlich dreinschauendes Bübchen hinter sich her, dessen Gesicht mit Skrofeln bedeckt war; es war der Sohn eines Mützenmachers in Rouen.«

Unbekümmert um die Unordnung im Haus, bittet die Frau sie herein. Emmas Tochter schläft in einem Weidenkorb auf dem Boden. Emma nimmt sie auf den Arm und fängt an, sie sanft zu schaukeln und dabei ein Wiegenlied zu singen. Léon geht unterdessen in dem einzigen Zimmer auf und ab und fragt sich, wie sich eine schöne Frau in einem Seidenkleid inmitten all dieses Elends aufhalten kann.

Das Kind sabbert der Mutter auf den Kragen, woraufhin diese es verärgert sofort in seinen Korb zurücklegt. Die Amme beeilt sich, sie sauberzumachen, und beteuert ihr, es werde kein Fleck zu sehen sein. Dann bittet sie Madame Bovary, ihr ein wenig Seife zu schikken, sie habe kein Geld, welche zu kaufen. »Gut«, erwidert Emma. »Auf Wiedersehen, Mutter Rollet!«

Die Amme begleitet sie zur Tür und klagt, wie schwer es ihr falle, nachts des Kindes wegen aufzustehen. Aber Emma hört ihr nicht zu. Sie hat Eile, mit ihrem Léon fortzukommen, fort aus diesem stinkenden dunklen Zimmer, in dem sie ohne den geringsten schmerzlichen Gedanken ihre Tochter zurückläßt.

Aber Léon ist bei ihr: Léon hat blonde Locken, gepflegte Hände. Seine Nägel sind vornehm, sehr viel länger, als es in Yonville üblich ist. Emma stellt dies mit Bewunderung fest. Eine der Hauptbeschäftigungen des jungen *clerc* besteht in der Tat in der sorgfältigen Pflege seiner Nägel, wie Flaubert uns boshaft mitteilt. »Er verwahrte zu diesem Zweck ein besonderes Messer in seinem Schreibtisch.«

Für Flaubert verrät die Nagelpflege sicher das Maximum an bourgeoiser Selbstgefälligkeit und Eitelkeit. Auch Emma wird, wie wir später sehen, wegen ihrer sorgfältigen Nagelpflege sehr streng verurteilt.

Léon und Emma kehren am Ufer des kleinen Flusses, der das Dorf durchquert, langsam nach Yonville zurück. Während sie sich bemühen, »von gleichgültigen Dingen zu reden, fühlten sich beide von der gleichen Sehnsucht ergriffen. Es war, als hielten ihre Seelen unausgesetzt geheime Zwiesprache miteinander, die die ihrer leibhaftigen Stimmen übertönte«.

Zwischen Léon und Emma entsteht eine Art »Gemeinschaft«, ein ständiger »Austausch von Büchern und Romanen«. Es versteht sich von selbst, daß es sich dabei um zweitrangige Romane handelt, jene modischen Romane, von denen Flaubert annahm, daß sie Louise Colet gefallen könnten.

Natürlich merkt Charles Bovary nichts. Im Gegenteil, er ist froh zu sehen, daß seine Frau wieder Farbe bekommen hat, mehr ißt, den hartnäckigen Reizhusten verloren hat und sich auch ihm gegenüber aufmerksamer und lächelnd zeigt.

So wie Charles' Blick blind, aber liebevoll und zärtlich ist, ist Emmas Blick auf ihren Mann böswillig und grausam: »Er hatte seine Mütze bis auf die Augenbrauen in die Stirn gezogen, und seine dicken Lippen zitterten, was seinem Gesicht etwas Blödes gab. Selbst der Anblick seines Rückens, dieses ruhigen breiten Rückens, reizte sie, und es war ihr, als läge auf seinem Überzieher die ganze Plattheit seines Wesens ausgebreitet.«

Der Blick, den Emma auf den liebevollen Charles richtet, wird von Flaubert als »eine Art verderbter Lust« bezeichnet. Ganz anders der Blick, den Emma auf Léon richtet, dessen blaue Augen ihr »schöner [erschienen] als jene Gebirgsseen, in denen sich der Himmel spiegelt«.

Es ist der richtige Zeitpunkt für den Auftritt von Lheureux, dem feisten, schwammigen, bartlosen Modewarenhändler, dessen Gesicht aussieht »wie mit Süßholzsaft angestrichen«.

Höflich bis zur Kriecherei, hält er sich »immer halb vorgebeugt«, wobei er gleichzeitig darauf bedacht ist, »algerische Schärpen, englische Nähnadeln, spanische Strohpantoffeln« und andere Kostbarkeiten zu verkaufen.

Diese »Kostbarkeiten«, die Flaubert mit soviel Verachtung behandelt, finden wir, allerdings mit anderem

Akzent, in seinen Briefen wieder. »Ich gestehe diese Schwäche«, schreibt er am 14. September 1846 an Louise und erzählt ihr, daß er bei einem Händler in Smyrna Seidengürtel bestellt habe. »Es gibt bei mir eine Menge solcher Albernheiten, die mir wichtig sind. Adieu, ich küsse Dich auf die Fußsohlen.«

Einen Monat später, am 13. Oktober, schreibt er ihr: »Ich habe die Gürtel bekommen. Ich bringe Dir einen mit [...] vielleicht kannst Du ihn für Dein Haar verwenden, so wie man vor zwei Jahren algerische Netzfrisuren gemacht hat. Nun, Du wirst sehen.«

Im Roman ist es Emma, die von den kleinen orientalischen Luxusartikeln angezogen ist und sich für deren Besitz bei dem Händler Lheureux zu verschulden beginnt.

Unterdessen beschließt Madame Bovary, ihre Tochter der Amme wegzunehmen. Nicht aus Liebe, auch nicht aufgrund von Gewissensbissen, daß sie sie in dem armseligen schmutzigen Haus zurückgelassen hat, sondern einfach weil sie plötzlich Lust bekommt, die Rolle der aufmerksamen, fürsorglichen Mutter zu spielen.

Sofort warnt uns Flaubert vor diesem neuen Einfall: »Kinder, erklärte sie, liebe sie abgöttisch; das sei ihr Trost, ihre Freude, ihr ganzes Glück, und sie begleitete ihre Liebkosungen mit einem Schwall von lyrischen Ergüssen, die jemand, der besser als die guten Leute aus Yonville in der Literatur Bescheid wußte, an die *Sachette* [die Büßernonne] aus *Notre-Dame*, erinnert hätte«, schreibt er, soll heißen: wieder eine neue Rolle, ein neues literarisches Modell, eine neue Mystifikation.

Es ist auch ein Seitenhieb gegen den von Louise so bewunderten Victor Hugo, mit dem sie einige Jahre später eine heimliche Korrespondenz beginnen wird. Hugos Briefe sollten, ebenso wie die von Louise an ihn, an eine bestimmte Adresse gesandt und von dort mit ausgewechseltem Umschlag weitergeschickt werden. Nur daß es sich im Fall Hugos nicht um eine heimliche Liebesaffäre, sondern um politische Heimlichkeiten handeln wird. Hugo lebte als des Landes Verwiesener in England, und es war verboten, ihm zu schreiben.

Louise mit ihrer Schwäche für große Schriftsteller hatte ihn in seinem Versteck in England ausfindig gemacht und ein ganzes Netz von Korrespondenzen geschaffen, das von ihr zu Hugo, von Hugo zu Flaubert und von Flaubert, immer auf Umwegen, wieder zu Hugo ging.

»In diesem Jahrhundert wird Hugo jeden übertreffen, obwohl er voll von Schlechtem steckt. Doch welcher Atem! Welcher Atem!« schreibt Flaubert später über ihn. »Ich riskiere hier eine Behauptung, die ich nirgends auszusprechen wagen würde, nämlich daß die großen Männer oft äußerst schlecht schreiben.« (*25. September 1852*)

Louise suchte die großen Schriftsteller nicht nur auf, sondern wurde häufig auch ihre Geliebte. Es war ihre großzügige und hautnahe Art, mit Literatur zu leben.

Ihre Liebesaffären waren stürmisch, und oft, muß man sagen, zeigten sich die Schriftsteller ihrem Enthusiasmus nicht gewachsen. Vielleicht war der Philosoph Cousin der großzügigste, treueste, verständnisvollste, er, der ihr immer wieder Heiratsanträge machte und ihrer Tochter Henriette, als er starb, eine kleine Rente hinterließ.

Dann waren da noch Alfred de Musset, Alfred de Vigny, Champfleury, Leconte de Lisle, Alphonse Daudet und sogar Baudelaire, der eine Zeitlang ihren Salon besuchte, ganz zu schweigen von Victor Hugo, der ihr mehr als herzliche Briefe schrieb. Aber Louise legte Wert darauf, wissen zu lassen – und schrieb es auch in ihren *Mementos* –, daß sie Flaubert am meisten geliebt habe.

Gustave nahm Louises zahlreichen Liebesaffären gegenüber keineswegs eine tadelnde Haltung ein. »Ich gestehe, ich bin nie im Leben eifersüchtig gewesen.« Seine Meinung über das Besitzgefühl läßt sich der folgenden Passage vom 13. März 1854 entnehmen: »Welche Frau, welche Idee, welches Land, welchen Ozean kann man denn allein besitzen, ganz für sich allein? Immer ist jemand da, der vor einem über diese Oberfläche oder durch jene Tiefe gestreift ist, deren Herr man zu sein glaubt. War es kein Körper, so war es der Schatten, das Bild eines Körpers. Tausend erträumte Ehebrüche kreuzen sich in dem Kuß, der einem Genuß bereitet. Ich glaube ein wenig an die physische Jungfräulichkeit, aber nicht an die seelische. Und im wahrsten Sinne des Wortes ist alle Welt gehörnt. – Und zwar erzgehörnt.«

Was Flaubert an Louises Verhalten ärgert, ist die Naivität des Neulings, der provinzielle geistige Fanatismus, den sie im Sammeln berühmter Männer an den Tag legt.

Und doch hatte Louise bei all ihrem Enthusiasmus ein gutes Wahrnehmungsvermögen für die Qualitäten der Männer, die sie bewunderte. Sie sprach als eine der ersten in bezug auf Flauberts Schriften, als sie noch gar nicht veröffentlicht waren, von seinem »außergewöhnlichen Talent«. »Er ist ein großer Künstler«, schreibt sie am 15. Januar 1852 in ihrem fragmentarischen, sporadischen Tagebuch, das sie *Mementos* nennt. Und das, obwohl Maxime Du Camp zu ihr kam und schlecht über seinen besten Freund redete.

Flaubert gab ihr Teile der *Versuchung des heiligen Antonius* zu lesen. Sie fand sie »wunderschön«. Aber Maxime Du Camp, mit dem Flaubert selbst sie bekannt gemacht hatte, damit sie an der Freundschaft beteiligt wäre, schreibt ihr, »Gustaves Werk taugt nichts«, und er würde es bedauern, wenn Flaubert darauf bestünde, in der »Revue de Paris« (die Maxime mit Gautier zusammen leitete) veröffentlicht zu werden, weil er nicht wisse, was er ihm dann antworten solle.

»Und trotzdem liebe ich ihn«, schreibt Louise in ihrem Tagebuch. »Bin ich denn eigentlich sicher, daß Maxime moralisch höher steht als Gustave? [...] Intellektuell scheint mir Gustave der Überlegene zu sein. [...] Was ist denn nur geschehen? [...] Welchen Einfluß hat Maxime auf ihn? Bevor Maxime bei ihm in Croisset war, schrieb Gustave mir liebevolle Briefe. Allen Zweifeln bin ich ausgesetzt, was für eine Herzensangst!« (*18. November 1851*)

Und schließlich, nach all der Unfreundlichkeit und »Unaufmerksamkeit« (Flaubert bemerkte nicht, in welcher Armut sich Louise befand, die kein Geld hatte, um sich Schuhe zu kaufen, und ihren Geliebten niemals auch nur um einen Pfennig bat), überlegt sie laut in ihrem Tagebuch: »Gustave liebt mich ausschließlich um seiner selbst willen, als krasser Egoist, um seine Sinne zu befriedigen und mir seine Werke vorzulesen. Aber mein Vergnügen, meine Befriedigung, die kümmern ihn wenig!« (*24. Dezember 1851*)

Tatsächlich war Flaubert sehr von Louises Körper angezogen und hatte sie anfangs sehr großherzig geliebt, sich dann aber zurückgezogen, und nach zwei Jahren des Schweigens hatte er sie wieder aufgesucht, um mit ihr zu schlafen, wenn auch mit Verachtung und Unduldsamkeit.

Aber etwas sehr Starkes, das ihn zu ihr getrieben hatte, auch wenn er es später zu leugnen versuchte, war zwischen ihnen gewesen.

»Wie zart sie war, die Haut Deines nackten Körpers [...] Du bist wirklich die einzige Frau, die ich gleichzeitig geliebt und besessen habe. Bisher ging ich bei den einen die Sehnsucht stillen, die andere mir eingeflößt hatten. Du hast mich dazu gebracht, mein System zu verleugnen, mein Herz, meine Natur vielleicht, die, selber unvollkommen, immer das Unvollkommene sucht.« (*6. oder 7. August 1846*)

»Ich denke immerzu an Dich«, schreibt er ihr am 8./9. August 1846, dem Jahr des größten Liebesüberschwangs, »immer träume ich von Deinem Gesicht, von Deinen Schultern, von Deinem weißen Hals, von Deinem Lächeln, von Deiner leidenschaftlichen Stimme, wild und sanft zugleich, wie ein Liebesschrei [...] Du bist gekommen und hast mit der Spitze Deines

Fingers das alles wieder aufgewühlt. Der Bodensatz ist wieder hochgeschwappt, der See meines Herzens erbebte [...] Ich muß Dich gewiß lieben, um Dir das sagen zu können. Vergiß mich, wenn Du kannst, reiß Dir mit beiden Händen die Seele heraus und tritt darauf, um die Spur auszulöschen, die ich darauf hinterlassen habe. Komm, werd nicht wütend. Nein, ich umarme Dich, ich küsse Dich, ich bin wahnsinning. Wenn Du hier wärst, würde ich Dich beißen. Ich habe Lust darauf, ich, über dessen Kälte sich die Frauen lustig machen und dem man netterweise nachsagt, keinen Gebrauch von ihnen machen zu können, so wenig habe ich sie gebraucht [...] Ich werde Dein Verlangen sein und Du meines [...] Oh! war Dein Kopf schön, ganz bleich, und wie er bebte unter meinen Küssen! Doch wie kalt ich war! Ich war nur damit beschäftigt, Dich zu betrachten, ich war überrascht, bezaubert [...] Ich schaue mir wieder Deine Pantöffelchen an. Ach! die werden mich nie verlassen. Ich glaube, ich liebe sie ebensosehr wie Dich [...] sie riechen nach Verbene und einem Duft von Dir, der mir das Herz aufgehen läßt.«

Doch gleichzeitig ist er von Angst ergriffen vor der Intensität des Gefühls, das sich in seiner Brust entwikkelt hat. »Ich wollte, ich hätte Dich nie kennengelernt«, schreibt er am 6. oder 7. August 1846, »[...] und doch läßt mich der Gedanke an Dich nicht los [...] Jedes Gefühl, das sich in meiner Seele vollzieht, verwandelt sich dort in Essig, wie Wein, den man in ausgediente Karaffen füllt [...] Du bist das Kind, Du bist es, die frisch und unverbraucht ist [...] Du demütigst mich durch die Größe Deiner Liebe.«

Und er versucht sein Widerstreben zu erklären, seine Angst zu rationalisieren: »Nie habe ich ein Kind gesehen, ohne an den zukünftigen Greis, nie eine Wiege, ohne ans Grab zu denken. Beim Anblick einer nackten Frau stelle ich mir ihr Skelett vor [...] Liebtest Du mich nicht, würde ich daran sterben, Du liebst mich, und ich bin drauf und dran, Dir zu schreiben, daß Du es lassen sollst [...] Du sagst mir zum Beispiel, ich solle Dir jeden Tag schreiben [...] Nun, der Gedanke, daß Du jeden Morgen einen Brief möchtest, wird mich davon abhalten, ihn zu schreiben. Laß mich Dich auf meine Weise lieben, meinem Wesen gemäß, mit dem, was Du meine Originalität nennst. Zwinge mich zu nichts, ich werde alles tun. Versteh mich und mach mir keine Vorwürfe.« (*6./7. August 1846*)

Doch Louise, die keine Halbheiten kennt, begnügt sich keineswegs damit, sich »lieben zu lassen«. Sondern sie liebt ihn wild, tyrannisch und plagt ihn mit ständigen Forderungen nach Zuneigung und Treue, die dem an sich schon wenig geduldigen Gustave schließlich lästig werden.

Von dieser von Flaubert geliebten und gefürchteten Louise hat Emma viel – das blinde Ungestüm, die Lebensgier, die Unbefangenheit in der Umarmung: »Sie entkleidete sich brüsk und riß die dünne Schnur ihres Korsetts heraus, daß sie ihr wie eine gleitende Natter um die Hüften zischte. Sie lief mit nackten Füßen noch einmal zur Tür, um nachzusehen, ob sie auch verriegelt sei, ließ dann mit einer einzigen Bewegung alle Kleider fallen – und bleich, stumm, ernst und in einem langen Erschauern warf sie sich an seine Brust.«

Zu alledem kommen noch die literarischen Vorlieben, die in ihrem naiven Mangel an Kritikvermögen sehr ähnlich sind. Auch wenn Louise, die, wie es sich für eine Schriftstellerin gehört, in literarischen Dingen gewiß bewanderter war, edlere Bücher las als Emma.

Aber abgesehen vom Charakter gibt es in dem Buch auch einige Überschneidungen und Ähnlichkeiten biographischer Fakten, die Louise, als das Buch erschien, tödlich beleidigten. Vor allem, nachdem er ihr in ihrer zweiten Liebesphase so viel von dem Roman, an dem er gerade schrieb, erzählt hatte, als hätte es nichts mit ihr zu tun, während er offensichtlich gleichzeitig den »Verrat« ausheckte und sie ausspionierte.

Vor allem das Zigarettenetui aus Silber und Achat mit der eingravierten Inschrift »Amor nel cor«, das Louise Gustave in der Anfangszeit ihrer Liebe geschenkt und das er mit großen Äußerungen der Freude und Liebesbeteuerungen entgegengenommen hatte. Im Roman wird das Zigarettenetui, in ein Medaillon mit der gleichen eingravierten Inschrift verwandelt, zu einem Geschenk Emmas an Rodolphe und wird vom Autor als äußerst geschmackloses Geschenk einer hirnlos Verliebten dargestellt.

Eine in Anbetracht von Louises Charakter sehr zurückhaltende Antwort ist das Gedicht, das sie im Januar 1859 in »Le monde illustré« veröffentlicht: »Die silberne Tabakdose, fein ziseliert, / war mit Blumen und Früchten in Goldgravur verziert / auf dem harten Stein stand der Satz ›Amor nel cor‹, / ein toskanischer Vers voll verborgenen Gefühls. / Sie war für ihn, den sie abgöttisch liebte / für ihn, der gefühllos war und brutal gegen Frauen. / Ach, sie war arm und hatte wenig zu geben / doch ein Geschenk ist heilig, wenn es eine Seele hat. / In einem banalen Roman im Stil eines Handlungsreisenden / ekelerregend wie ein giftiger Wind / verhöhnte er das Geschenk mit einem platten Satz, / das schöne Achatsiegel aber behielt er für sich.«

Und dann gibt es noch das Taschentuch mit dem Blut (aus Louises Nase), das Gustave jahrelang in einer Art kleinem Altar für Fetischobjekte aufbewahrt, die ihn an ihre Liebe erinnern. Die Pantöffelchen, die Tabakdose, das Porträt mit der Haarlocke, die Briefe, der Ring, das Taschentuch usw. Alle die Dinge, die wir im Roman wiederfinden.

»Wie gut war meine Idee, Deine Pantöffelchen mitzunehmen! Wenn Du wüßtest, wie ich sie betrachte! Die Blutflecken werden bräunlich, sie verblassen, was können sie dafür?« schreibt Flaubert an Louise Colet am 8./9. August 1846 und in der Nacht vom 14. auf den 15. August: »Danke für das Porträt, ich lege es zu den Pantöffelchen.«

»Wenn der Abend gekommen ist und ich allein bin«, gesteht Flaubert, »ganz sicher, nicht gestört zu werden, und wenn alles um mich herum schläft, öffne ich die Anrichte, von der ich Dir erzählt habe, hole meine Reliquien heraus und breite sie auf meinem Tisch aus, zuerst die kleinen Pantoffeln, das Taschentuch, Deine Locke, die Tasche mit Deinen Briefen, ich lese sie wieder, berühre sie wieder.« (*23. August 1846*)

In *Madame Bovary* finden wir: »Überhaupt wurde sie recht sentimental. Sie hatten auf ihr Verlangen ihre

Miniaturporträts ausgetauscht, sich gegenseitig eine Handvoll Haare abgeschnitten, und jetzt forderte sie sogar einen Ring, einen richtigen Ehering, zum Zeichen ewigen Zusammengehörens.«

Und weiter: »Außer der Reitpeitsche mit dem vergoldeten Silberknauf hatte Rodolphe ein Petschaft mit der Inschrift ›Amor nel cor‹ von ihr bekommen [...] Aber diese Geschenke waren ihm peinlich. Er wies einige zurück. Aber sie bestand darauf, und Rodolphe akzeptierte sie schließlich, hielt sie aber in seinem Herzen für tyrannisch und zu aufdringlich.«

Doch das sind noch nicht alle Ähnlichkeiten zwischen Emma und Louise. Außer der Tatsache, daß beide eine einzige Tochter haben, der gegenüber Flaubert sowohl im Fall von Louises Tochter Henriette als auch von Emmas Tochter Berthe häufig eine kühle, kritische Haltung zeigt, gibt es lauter Bemerkungen über ihren Charakter, ihre unberechtigten Zornesausbrüche, ihre plötzliche übertriebene Großzügigkeit, ihren völlig fehlenden Sinn für Sparsamkeit, die Neigung, von nicht existierenden Dingen zu träumen, ihr »königinnenhaftes« Benehmen, obwohl sie über keinerlei Erbe oder gesellschaftliches Ansehen verfügen, und jenes »ich will und kann nicht«, das zu Emmas inzwischen sprichwörtlichem Charakter gehört und mit einigen Unterschieden auch ein Zug in Louises großzügigem und anmaßendem Wesen ist.

Unterdessen erleben wir im Lauf der Geschichte Emma Bovarys, wie sie, immer auf das Schauspielern bedacht, außer der Rolle der guten Mutter auch die der guten Ehefrau spielt, und zwar gerade in dem Moment, als sie anfängt, ihren Mann zu betrügen. Dieses eine Mal findet sie Gefallen an einer Darbietung, die ihr die Achtung des Publikums einbringt. Ihre Absichten sind jedoch zu offenkundig, um in Flauberts Augen nicht künstlich und aufgesetzt zu wirken. Charles merkt natürlich, wie üblich, nichts.

Er ist so zufrieden, daß er, wenn er fröstelnd aus der Dunkelheit von der Arbeit nach Hause kommt, »seine Hausschuhe immer schon gewärmt am Kamin« findet, daß »kein Knöpfchen mehr an den Hemden« fehlt und das Essen fertig auf dem von der Hausherrin schön gedeckten Tisch steht, und so ist er sofort bereit, diese Veränderung Emmas verbessertem Gesundheitszustand zuzuschreiben.

»Sie war so traurig und still, so sanft und doch so

zurückhaltend, daß von ihrer Gegenwart ein kühler Zauber ausging, vergleichbar dem aus Blumenduft und Marmorkälte gemischten Hauch, der einen in Kirchen anweht.«

Ganz Yonville ist von der jungen Madame Bovary verzaubert. Die Leute sagen von ihr: »Sie wäre in einer Unterpräfektur nicht fehl am Platze.« – »Die Frauen bewunderten ihre Sparsamkeit, die Patienten ihre Höflichkeit, die Armen ihre Mildtätigkeit.«

Aber wohlgemerkt, man denke ja nicht, es könne in alledem auch nur eine Spur Aufrichtigkeit geben. »Innerlich aber war sie voller Begierden«, beeilt sich Flaubert zu erklären, »voller Wut und Haß [. . .] die so keuschen Lippen hätten von heimlichen Qualen erzählen können.«

In Wirklichkeit ist Emma in Léon verliebt, wagt aber nicht, es zu sagen. Sie sucht die Einsamkeit, um sich »ungestört an seinem Bilde zu ergötzen«. Je klarer sie sich ihrer Liebe bewußt wird, desto mehr kämpft sie dagegen an. Was sie zurückhält, sagt uns der Autor, ist jedoch nicht Scham oder Treue gegenüber ihrem Mann, sondern »Trägheit und Furcht«.

Emma sitzt vor dem Spiegel und sagt sich immer wieder »Ich bin eine tugendhafte Frau«, während sie »sich in allerhand Entsagungsposen« betrachtet, was sie ein wenig »über das Opfer [tröstete], das sie zu bringen glaubte«.

Unter anderem ist sie sehr verärgert darüber, daß ihr Mann ihre Qual offenbar gar nicht bemerkt. »Die Selbstverständlichkeit, mit der er annahm, daß er sie glücklich mache, empfand sie als Schwachköpfigkeit und Kränkung […] War nicht er, er das Hindernis, das allem Glück im Wege stand, die Ursache all dieses Elends?« – »Das Kleinbürgerliche ihrer Häuslichkeit reizte sie zu Phantasien von Pracht und Üppigkeit, die eheliche Zärtlichkeit zu ehebrecherischen Gelüsten.« – »Wenn Charles sie doch geschlagen hätte, damit sie ihn mit gerechterem Grund hätte verabscheuen und sich an ihm rächen können!«

Einige wenige Male gelingt es ihr, Ekel zu empfinden vor der »Heuchelei«, zu der sie gezwungen ist. Sie träumt davon, mit Léon irgendwohin zu fliehen, um ein »neues Leben« anzufangen, doch sofort tut sich in ihrer Seele »ein dunkler, bodenloser Abgrund« auf.

Irgendwann denkt Emma daran, einen Priester aufzusuchen, vielleicht kann er sie verstehen und ihr irgendeinen guten Rat geben. Aber der Abbé Bournisien versteht ihre Bitte nicht: »Wie geht es Ihnen?« fragt er. »Schlecht«, antwortet sie, »ich fühle mich sehr elend.« – »Sehen Sie, ich auch«, erwidert er. »Diese ersten warmen Tage machen einen erstaunlich matt, nicht wahr?« Dann fragt er sie, ob ihr Mann ihr nicht irgendeine Medizin verordne. »Ach«, antwortet Emma und beharrt: »[…] es sind nicht irdische Heilmittel, die mir nottäten.« Doch der Priester wird durch einige sich raufende Jungen abgelenkt. Sie versucht ein letztes Mal, Gehör zu finden, sich verständlich zu machen, aber er hat kein Ohr für die Dame, da er mit dem Problem einer Kuh beschäftigt ist, die zu heilen man ihn gebeten hat, weil man sie für verhext hält. Der Priester kann sich außerdem nicht vorstellen, daß man leiden kann, wenn man *bien chauffé et bien nourri* ist, eine warme Stube und gutes Essen hat.

Dies ist eine der komischsten Passagen des Romans. Ein bühnenreifer Theaterdialog. In dem kurzen Gespräch zwischen Emma und dem Priester Bournisien vollzieht sich alles Unverständnis zwischen zwei Schichten, zwei Mentalitäten, zwei Religionen (ihrer heidnischen, seiner demütig christlichen), zwei Kulturen, zwei Geschlechtern. Sie werden beide verspottet, aber gewiß wird dem Priester, der mit beiden Beinen auf dem Boden steht und ein schlichtes Gemüt hat, größeres Verständnis entgegengebracht als den dümmlichen und anmaßenden Ansprüchen der jungen Frau, wenngleich ihr Leiden durchaus als real und schmerzhaft dargestellt wird.

Als Emma nach Hause kommt, läuft ihr das Kind auf seinen wackligen Beinchen entgegen, und sie schiebt es »mit der Hand weg«.

Unbeeindruckt kommt die Kleine wieder heran, umarmt die Knie der Mutter »und schaute mit ihren großen blauen Augen zu ihr empor, während aus ihrem Mund ein Faden klaren Speichels auf die seidene Schürze rann«.

»Laß mich!«, schreit die Mutter, »ganz gereizt«. Ihr Gesicht ist so verzerrt, daß das kleine Mädchen schon bei dem bloßen Anblick zu weinen anfängt. Aber noch einmal versucht es, sich schüchtern der Mutter zu nähern. Worauf Emma mit einem weiteren »So laß mich doch in Ruhe!« herausplatzt und ihre Tochter wütend wegstößt, so daß sie gegen den Messingbeschlag der Kommode schlägt und sich die Backe aufritzt. Es blutet. Emma ist entsetzt. »Frau Bovary stürzte hinzu, hob das Kind auf, zog so heftig an der Klingelschnur, daß sie zerriß, rief aus Leibeskräften nach dem Dienstmädchen und wollte gerade in Verwünschungen ausbrechen [...]«

Endlich, denkt der Leser, eine spontane Regung von Reue, etwas Ehrliches, Direktes. Doch das wird durch das tatsächliche Geschehen sofort widerlegt. Emma dreht sich zu ihrem Mann um, der in dem Moment hereinkommt, weil er das Schreien seiner Tochter gehört hat, und sagt kühl: »Sieh doch, lieber Freund, die Kleine ist beim Spielen hingefallen und hat sich an der Wange verletzt.«

Die Szene zeigt durch die Art der Beschreibung, wie empörend das Verhalten der jungen Mutter ist. Nicht nur wirft sie ihre Tochter, die ihr voller Zuneigung entgegenkommt, so rüde auf den Boden, daß sie sich verletzt, sondern statt es zu bedauern, beschuldigt sie, kaum daß sie ihren Mann erblickt, das Kind auch noch in kaltem, beherrschtem Ton, wie jemand ohne jedes moralische Empfinden, es habe sich von allein weh getan.

Und damit noch nicht genug. In plötzlicher Besorgnis kommt Emma nicht zum Essen zu ihrem Mann herunter. Sie bleibt bei ihrer Tochter. Und wieder denkt der Leser: Vielleicht hat sie sich eines Besseren besonnen, vielleicht tut es ihr wirklich leid, vielleicht hat sie doch irgend etwas Menschliches, diese Frau.

Aber Flaubert dementiert es auf der Stelle. Neben ihrem Kind sitzend, hegt die Mutter keineswegs liebevolle, sondern schändliche und grausame Gedanken.

»Als sie es dann ruhig schlafen sah, legte sich auch der letzte Rest von Besorgnis, und sie kam sich selbst sehr dumm und sehr gutherzig vor, daß sie sich wegen einer solchen Kleinigkeit hatte aufregen können. Berthe lag ganz still, und unter ihren Atemzügen hob sich leise die baumwollene Decke. Ein paar dicke Tränen hingen noch in den Augenwinkeln an den halbgeschlossenen Lidern, durch deren Wimpern die blassen, tiefliegenden Augensterne schimmerten. Das auf die Wange geklebte Heftpflaster zog die gespannte Haut schief.«

Ein kalter, feindseliger Blick, der mit dem wirklich wenig mütterlichen Gedanken endet: »Seltsam, wie häßlich das Kind ist!«

Unterdessen beschließt der junge *clerc* Léon, weil er das erfolglose Lieben leid ist, in eine andere Stadt zu gehen. Wenn Emma noch nicht »nachgegeben« hat, wie man damals sagte, dann nicht aus Tugendhaftigkeit, wie Flaubert uns nachdrücklich erläutert, sondern weil sie sich so sehr in die Rolle der guten Ehefrau hineingesteigert hat, daß es ihr schwerfällt, sie abzulegen. Aber in ihrem Innern herrschen »Widerwille« und »Haß«.

Léon geht fort, und für Emma beginnt eine »finstere« Zeit. Der Kummer »zog mit leisem Klagen durch ihre Seele wie der Winterwind durch verlassene Schlösser«.

In der Erinnerung erscheint ihr Léon größer, schöner, sanfter. Sie bereut entschieden, daß sie ihn nicht mit größerer Hingabe geliebt hat, »sie dürstete nach seinen Lippen. Sie wäre ihm am liebsten nachgeeilt, um sich in seine Arme zu werfen und zu sagen: Hier bin ich, nimm mich!«. Aber der Gedanke »an die Schwierigkeiten des Unterfangens« lähmt sie schon im voraus, »und das Versagen wiederum steigerte das Begehren nur noch mehr«.

Doch »nach und nach beruhigten sich die Flammen, sei es, daß der Brennstoff ausging oder daß sie ihn allzu reichlich häufte«. Die Liebe verblaßt, erstickt »in Gewohnheit, und der Schein wie von Feuersbrunst, der ihren bleichen Himmel rötete, verzog sich vor dunkleren Schatten und erlosch allmählich ganz«.

In ihrem unklaren Bewußtsein hält Emma »sogar ihren Widerwillen gegen Charles für Sehnsucht nach dem Geliebten und das Lodern des Hasses für ein erneutes Aufflammen der Zärtlichkeit. Aber als der Sturm weiter wütete und die Leidenschaft bis auf die Asche ausbrannte und keine Hilfe kam, keine Sonne erschien, wurde es völlig Nacht um sie her, und sie versank in eine schreckliche Kälte, die sie ganz durchdrang.«

Um sich zu trösten, schwelgt Emma in Käufen, die ihre Eitelkeit befriedigen: ein gotischer Betstuhl aus edlem Holz, antike Vasen, seidene Morgenröcke. Zu einem Zeitpunkt, da es im Haus an Geld fehlt, um das Dienstmädchen zu bezahlen, gibt Emma »vierzehn Francs für Zitronen aus, um sich damit die Nägel zu pflegen«, unterstreicht Flaubert.

Ursprünglich hatte er geschrieben »für 25 Francs im Monat Zitronen für ihre Fingernägel«. Aber er war von Maxime Du Camp korrigiert worden, der ihm in einem Brief vom 14. Oktober 1856 schreibt: »Für fünfundzwanzig Francs Zitronen im Monat? Die größten

Zitronen kosten fünf Sous. Also hundert Zitronen für die Fingernägel, ist das nicht vielleicht ein bißchen übertrieben, selbst für Yonville?« Und Flaubert korrigierte einsichtig.

Dann fuhr er fort: »Sie bestellte sich in Rouen ein blaues Kaschmirkleid.« Wir erinnern uns, daß Blau Emmas, aber auch Louises Lieblingsfarbe ist. Außerdem sucht sie sich bei Lheureux »die schönste seiner Schärpen aus. Sie schlang sie sich über ihren Schlafrock um die Taille, schloß die Läden und blieb in diesem Aufzug stundenlang mit einem Buch in der Hand auf dem Sofa liegen«.

Ob Lheureux' Schals die berühmten Seidengürtel sind, die der junge Gustave sich aus Smyrna schicken ließ? Auch im Hause Flaubert war das Geld knapp, und nach dem Tod des Vaters war die Familie, um zu überleben, zur Sparsamkeit gezwungen.

Selbst ihre Frisur gefällt Emma nicht mehr. »Bald trug sie das Haar nach chinesischer Art, bald in losen Locken oder in Zöpfen oder wie ein Mann an einer Seite gescheitelt.«

Wir wissen, wie sehr dieses Sichfrisieren »wie ein Mann« zu Flauberts erotischem Geschmack gehörte. Emma, die einen geschmeidigen, femininen Körper hat, pflegt manchmal wie aus Trotz oder als Geste sexuellen Stolzes etwas Männliches an sich zu tragen: zum Kranz geflochtenes Haar, ein Jagdmieder, Türkenhosen, ein Lorgnon im Brusttäschchen oder einen Hut mit einer Feder.

Und wenn diese kleinen maskulinen Tupfer aus Flauberts Sicht dem weichen Körper der jungen Frau einerseits etwas Perverses und Faszinierendes verleihen, werden sie andererseits als offensichtliches Zeichen eines tiefen Mangels an innerer Ordnung gesehen.

Flaubert war mit Sicherheit vom Männlichen im weiblichen Körper angezogen. Die Briefe an Louise Colet sind voll von Hinweisen in dieser Richtung. »Ich wollte, Du könntest mir als ein neuer Hermaphrodit mit Deinem Körper alle Freuden des Fleisches und mit Deinem Geist alle Freuden der Seele schenken«, schreibt er am 28. September 1846.

Und noch einmal am selben Tag: »Aber vielleicht mißfällt dir gerade, daß ich Dich wie einen Mann behandle und nicht wie eine Frau. Versuch doch im Umgang mit mir, ein bißchen Deinen Geist zu bemühen. Du wirst sehen, daß Dein Herz ihm später für diese Unparteilichkeit dankbar sein wird. Ich hatte von Anfang an geglaubt, daß ich weniger weibliche Wesenszüge in Dir fände, eine universellere Auffassung des Lebens. Aber nein! Das Herz, das Herz! dieses arme Herz, dieses gute Herz, dieses zauberhafte Herz mit seinen ewigen Reizen ist immer da, selbst bei den edelsten und größten Frauen.«

Und am 12. April 1854: »Ich habe immer versucht (doch mir scheint, ich scheitere damit), einen herrlichen Hermaphroditen aus Dir zu machen. Ich will Dich als Mann bis zum Bauch herunter. Aber Du bedrängst und verwirrst mich und verdirbst Dich selber durch das Weibchenelement.«

Nachdem die Geschichte mit Louise zu Ende war, hat Flaubert eine lange Korrespondenz mit Georges

Sand geführt, die sich bekanntlich in Männerkleidern durch Paris bewegte. Sartre spricht in *Der Idiot der Familie* von einer tiefgehenden Neigung zur Feminität bei Flaubert, die auch in seinen erotisch-literarischen Entscheidungen sichtbar werde.

Aber bei Emma wird es als ein weiteres Zeichen ihrer Prahlerei gesehen, wenn sie sich als Mann ausstaffiert. Auch darin ist Emma zaghaft, scheint uns der Autor sagen zu wollen, weil sie nicht den Mut hat, in ihren Entscheidungen bis zum letzten zu gehen, sondern nur damit spielt, in Andeutungen, kokettierend, ohne jedes echte Ziel.

Für Emma sind die Zeichen eines männlichen »Geistes« nur ein weiteres Rollenspiel, weil sie nicht im geringsten dem Vorhandensein dessen entsprechen, was Flaubert »eine universelle Auffassung des Lebens« nennt, während sie bei Georges Sand mit einer echten Revolte gegen die sexuellen Konventionen einhergehen.

Emma ist wie Louise unkritisch und unüberlegt. Wenn sie zu überlegen glaubt, versucht sie schlicht ihre unmittelbarsten Interessen zu rationalisieren, absolut unfähig zu jener Unparteilichkeit, der das »Herz« dann dankbar zu sein hätte. Ganz wie Louise mit ihren »ewigen Reizen«, ihrer plötzlichen Großmut und emphatischen Arglosigkeit und ihrem Verdammtsein zu einer immer wieder dickköpfigen, unvermeidlichen Weiblichkeit oder einem Leben, das sich nur in den »beschwingten« Gefühlen eines mütterlichen Besitzdenkens wiedererkennt.

Und doch hat Flaubert Louise Colet geliebt und

nicht Georges Sand, auch wenn er vor der ersteren geflohen ist und der zweiten Briefe voller Hochachtung schickte, die mit »lieber Meister« begannen.

Als ob sein Irrtum gerade in der Liebe bestünde, in dem bewußten Nachgeben gegenüber dem ewigen »Betrug« des weiblichen Körpers als solchem.

Emma, scheint Flaubert uns zu sagen, ist liebenswert, gerade weil sie zu einer »universellen Auffassung des Lebens« nicht fähig ist, aber gleichzeitig ist sie verachtenswert eben wegen dieses Mangels, weil ihr Herz blind ist und ihre hermaphroditischen Ansprüche keiner realen »Kultivierung eines freien Geistes« entsprechen, wie er sie hingegen später bei Georges Sand erkennt.

Bei ihrem theatralischen Verzicht auf die Liebe hat Emma Bovary jenen Zug um die Mundwinkel angenommen mit den »starren, kleinen Falten, wie man sie bei alten Jungfern und enttäuschten Ehrgeizigen sieht«, schreibt Flaubert.

Sie ist blaß, »um die Nasenflügel lag ein gespannter Zug, und die Augen sahen einen verschwommen an. Seitdem sie an ihren Schläfen drei graue Haare entdeckt hatte, sprach sie bei jeder Gelegenheit vom Altern«. Man ahnt eine weitere Rolle, ein weiteres Schauspiel.

Manchmal wird sie sogar ohnmächtig, die schöne Emma. Aber erinnern wir uns, daß die Ohnmachten damals zur Sprache der Frauen gehörten, es war eine selbstzerstörerische und melodramatische Weise, die eigene Verweigerung zu erklären. Eines Tages spuckt Emma plötzlich Blut zur großen Sorge ihres Mannes, der »in sein Arbeitszimmer [lief] und weinte, beide Ellbogen auf die Tischplatte gestützt«.

Auch diese Geste von Charles Bovary könnte äußerst

lächerlich wirken, aber er schafft es nicht, uns zum Lachen zu bringen, weil wir spüren, daß der Autor das echte, tiefe Gefühl seiner Romanperson respektiert. Charles mag plump, gewöhnlich, dumm und unerträglich sein, nie jedoch wird die Aufrichtigkeit seiner Gefühle in Frage gestellt.

Um sich bei der Pflege helfen zu lassen, läßt Bovary seine Mutter kommen. Aber sie ist Emma feindlich gesinnt, sei es aus Eifersucht, sei es aus einem mehr als gerechtfertigten Mißtrauen gegen eine so launische und mit sich selbst beschäftigte Schwiegertochter. Das Urteil der Mutter Bovary ist: zu viele Liebesromane, sie verderben ihr die Laune und rauben ihr den Schlaf. Und so beschließen Ehemann und Schwiegermutter, daß Emma kein anderes Buch mehr in die Hände bekommen soll als Gebetbücher.

Emma unterwirft sich passiv und steigert sich noch weiter in die Rolle der Gehorsamen und Gefügigen hinein. Sie verläßt nicht einmal mehr das Haus, verbringt, in einen ihrer seidenen Morgenröcke gehüllt, die Tage im Schlafzimmer und schaut sich aus dem Fenster die Passanten auf der Straße an.

Und durch dieses Fenster gelangt eines Tages die Neuigkeit zu ihr. Eines Morgens fällt ihr unten vorm Haus ein hübscher junger Mann in grünem Samtüberrock auf. Er hat etwas Resolutes und Strahlendes an sich, das die Aufmerksamkeit der jungen Eingeschlossenen anzieht.

Es handelt sich um Rodolphe Boulanger, einen jungen Schloßherrn, der allein auf seinem Besitz außerhalb Yonvilles lebt. Rodolphe sucht Doktor Bovary auf, damit er einen seiner Diener, der krank ist, zur Ader läßt.

Der hübsche junge Mann kommt direkt auf ihr Haus zu, denkt Emma. Und alle Trägheit scheint im Nu verflogen. Im Gegensatz zu sonst geht sie hinunter, um bei dem Besuch im Arbeitszimmer ihres Mannes dabeizusein, und geht ihm hingebungsvoll zur Hand wie eine tüchtige Krankenschwester.

Rodolphe, der ein Auge für weibliche Schönheit hat, bemerkt sofort ihre »weißen Arme«. Auch Louise Colet hatte bemerkenswert weiße Arme, wie Flaubert in einigen Briefen rühmend hervorhebt und auch Louis Bouilhet es in einigen Versen anklingen läßt.

Der junge Schloßherr mustert als fast schon klinischer Beobachter Emmas Körper in allen Einzelheiten: schöne Zähne, schwarze Augen, einen reizenden Fuß und eine Haltung wie eine »Pariserin«. »Wo, zum Teufel, hat sie das her? Wie kommt dieser ungeschlachte Kerl zu dieser Frau?« fragt er sich.

Rodolphe ist dreißig Jahre alt, von heftigem Temperament und scharfem Verstand. An seinen Verhaltensweisen erkennt man, daß er an einen sehr freizügigen Umgang mit Frauen gewöhnt ist. Selbstsicher, entschlossen und eitel, ist er der Ansicht, daß das Hofieren nicht allzu lange dauern darf, ohne zu konkreten Ergebnissen zu führen.

Während er sie betrachtet, kalkuliert er in der Tat präzise: »Sie hat ihn sicher schon satt. Er hat schmutzige Nägel und ist seit drei Tagen nicht rasiert. Wenn er bei seinen Patienten herumläuft, sitzt sie zu Haus und stopft Strümpfe. Und langweilt sich, möchte lieber in der Stadt wohnen, alle Abende Polka tanzen! Arme kleine Frau! Das schnappt nach Liebe wie ein Karpfen auf einem Küchentisch nach Wasser. Drei schöne Worte, und sie ist verliebt in einen, sicher! Das wäre allerliebst! Reizend! Schön, aber wie wird man sie nachher wieder los?«

Rodolphe hat eine Schauspielerin zur Geliebten, aber er braucht sie nur mit Emmas unschuldiger Frische zu vergleichen, um sich ihrer sofort überdrüssig zu fühlen. »Ich muß sie haben!« sagt er sich. »Und dieser blasse Teint! Wo ich doch so für blasse Frauen schwärme!«

Der Gutsbesitzer verbindet brutale Formen mit gefälliger Kleidung. Er trägt Batisthemden mit »gefältelten Manschetten«, »breitgestreifte Hosen« und »Lackschuhe mit gelbem Tucheinsatz«. Sie waren so blank, diese Lackschuhe, daß »sich das Gras darin spiegelte«.

Einen Weg, Emma zu besuchen, findet er sofort, und auch eine Möglichkeit, mit ihr allein zu sein. Er schlägt ihrem Mann vor, sie mit ihm ausreiten zu lassen, es »würde ihr vielleicht guttun«, der armen blassen, kränklichen Frau.

Doktor Bovary ist nicht nur einverstanden, sondern drängt die widerstrebende Emma sogar, die Einladung des jungen Schloßherrn anzunehmen. Und sie näht sich, wider eigenen Willen sozusagen, ein Reitkostüm.

Es ist Oktober, Emma und Rodolphe reiten zusammen durch die Wälder von Yonville. »Am Horizont zogen sich Nebelschleier zwischen den Umrissen der Hügel hin.« Yonville bleibt immer weiter hinter ihnen zurück. Emma trägt einen Männerhut (wieder taucht das Thema der Androgynie auf), der von einem blauen Schleier gehalten wird. »Durch den Schleier [...] sah man ihr Gesicht in einem bläulichen Dämmer, als habe sie in Azurfluten gebadet.«

Die Farbe blau und irgendein Accessoire männlicher Kleidung sind, wie wir gesehen haben, bei Flaubert erotische Motive: Auch in *Salammbô* sind die wunderschönen Landstriche, die Orte der Begierde, »geheimnisvoll und blau getönt«. Salammbô selbst wird den großen Zauberschleier der Göttin Tanit tragen, der ebenfalls himmelblau ist. Und die Göttin ist bewaffnet.

Flauberts Geschick besteht darin, uns mit seinen Vorlieben anzustecken, die durch den Reiz des Stils auch zu unseren werden. Der Leser findet Emma besonders anziehend, gerade weil sie jenen Männerhut trägt und weil ihr Gesicht teilweise von einem blauen Schleier verhüllt ist, der den sanften, sinnlichen Eindruck von wogendem Meerwasser hervorruft.

Im Unterschied zu Léon wartet Rodolphe nicht auch nur eine Minute, um sie anzurühren. So daß sie erschrickt und sich zurückzieht. Und er begreift, daß es hier feinerer Formen und schmeichelnder Worte bedarf. »Sie thronen in meinem Herzen wie eine Madonna«, flüstert er ihr ins Ohr, »so hoch und rein und unantastbar. Aber ich kann ohne Sie nicht leben! [...] Seien Sie meine Freundin, meine Schwester, mein Engel!«

Jeder würde das Unechte dieser Worte bemerken. Aber Emma, die so viele Jahre lang derartige Dialoge verschlungen hat, ist nicht in der Lage, ihre Falschheit zu erkennen. Plötzlich ist es, als stürze sie in einen ihrer Liebesromane, in dem gezierte junge Männer und kühne Helden gewandt diese Sprache pflegen. Jetzt kann sie nicht anders, als Rodolphe zu akzeptieren. Es ist in erster Linie ein sprachliches Erkennen.

Rodolphe legt ihr den Arm um die Taille. Sie versucht, wenn auch nur schwach, sich freizumachen. Er wird zudringlicher. Sie murmelt: »Ich tue unrecht, ich tue unrecht! Es ist Wahnsinn, daß ich auf Sie höre.« Und schon sind wir mitten im Dialog eines sentimentalen Romans. Eine Frau aus der Gesellschaft kann nur so antworten. Und wenn er, halb verzweifelt, halb verbittert, fragt: »Warum? – Emma, Emma!«, kann sie nur noch antworten: »Oh, Rodolphe!« und ihren Kopf an seine Schulter lehnen.

»Sie bog ihren weißen Hals zurück, den ein lautloses Schluchzen schwellte, und halb ohnmächtig, ganz in Tränen, mit einem langen Erbeben und ihr Gesicht verbergend, *gab sie sich hin.*«

Die Stille des Waldes legt sich über die Körper der beiden Liebenden. »Eine sanfte Freundlichkeit schien den Bäumen zu entströmen. Sie fühlte ihr Herz wieder klopfen und das Blut wie einen Strom von Milch in ihrem Körper kreisen.«

Ein seltener lyrischer Moment in diesem grausamen, harten Roman. Ein seltener Moment, in dem die Personen ihrer Lust überlassen werden, ohne daß die Stimme des Autors satirisch oder moralisierend eingreift, kommentiert, seziert und analysiert.

Seite an Seite kehren die beiden Liebenden nach Yonville zurück. »Sie sah reizend aus zu Pferd! Schlank und aufrecht, das Knie gegen die Mähne des Pferdes geschmiegt, die Wangen sanft glühend von der Luft und der Abendröte.«

Es scheint wirklich ein Moment des Waffenstillstands zwischen dem Autor und seiner Romanperson zu sein, ein Moment der Kontemplation ohne Wertung, ohne Ironie. Gehört Schönheit nicht zu Flauberts »Religion«? Wie oft spricht er in seinen Briefen davon, daß man die Schönheit mit friedvollem Geist genießen muß als einzigen Quell des Guten!

»Noch heute ist das, was ich vor allem liebe, die Form«, schreibt er in einem Brief vom 6. oder 7. August 1846, »vorausgesetzt, sie ist schön, und nichts darüber hinaus. Frauen, die ein zu glühendes Herz und einen zu exklusiven Verstand haben, begreifen diese Religion der vom Gefühl abstrahierten Schönheit nicht. Sie brauchen immer einen Grund, ein Ziel. Ich bewundere den Flitter ebenso wie Gold. Die Poesie des Flitters ist sogar überlegen, insofern als sie traurig ist. Für mich gibt es auf der Welt nur schöne Verse, gut formulierte harmonische, melodische Sätze, schöne Sonnenuntergänge, Mondschein, bunte Gemälde, antike Marmorplastiken, markante Köpfe. Darüber hinaus, nichts.«

Aber die Betrachtung von Emmas Schönheit währt nicht lange. Der Moralist wartet schon ungeduldig. Und in der unmittelbar folgenden Szene erleben wir ihn erneut in Aktion.

Glücklich, seine Frau wieder blühend und zufrieden zu sehen, geht Charles Bovary ihr entgegen. Doch sie würdigt ihn keines Blickes. Statt dessen geht sie, nachdem sie sich seiner Gegenwart entledigt hat, in ihr Zimmer hinauf, schließt sich ein, stellt sich vor den Spiegel und betrachtet sich lange.

»Noch nie waren ihre Augen so groß, so schwarz, so tief gewesen. Etwas eigentümlich Zartes breitete sich über ihr ganzes Wesen und verklärte es. Immer wieder sagte sie sich: Ich habe einen Geliebten! einen Geliebten!« Und diese Vorstellung beglückt sie so, »als sei sie zum zweitenmal Weib geworden«.

Doch schon betreten wir die Welt der falschen Träume und der Schauspielerei. »Sie war in ein Wunderreich eingetreten, wo alles Leidenschaft, Ekstase, seligen Taumel verhieß. Blaue Unermeßlichkeit umgab sie [...] und der Alltag lag weit drunten im Schatten, in den Niederungen zu Füßen dieser Höhen.«

Wahrscheinlich entspringt die Kombination von

Himmelblau und maskuliner Kleidung als Höchstmaß des Verführerischen gerade dem impliziten Widerspruch zwischen dem Blau des Himmels als dem Ort der reinen Empfindungen und der unveränderlichen Bilder (die Gottheiten, die Ikonen, die Gipsfiguren und Marmorstatuen) und, im Gegensatz dazu, dem Launischen, der Verkleidung und der aus den Falten eines weiblichen Kleidungsstücks hervorlugenden Perversität.

In Emmas Kopf tummeln sich, wie vorherzusehen, die rhetorischen Figuren der Liebesromane: Eine »Unzahl dieser Ehebrecherinnen sang in ihrer Erinnerung mit schwesterlichen Stimmen, die sie entzückten [...] Das lange träumerische Ahnen ihrer Jugend hatte sich verwirklicht, und sie war nun selber eine dieser Liebenden, die sie so sehr beneidet hatte«.

Aber bei Emma ist es nicht nur eine, wie sehr auch immer von schlechter Lektüre durchdrungene, großzügige Begeisterung. In ihr hallt auch ein »Gefühl befriedigter Rache« wider, wie Flaubert uns wissen läßt. »Hatte sie nicht genug gelitten? Jetzt aber triumphierte sie.«

Von jenem Abend an beginnen Emma und Rodolphe sich regelmäßig jeden Tag zu schreiben. So wie es Gustave und Louise getan hatten. Sie hatte ihn »um einen Brief jeden Tag« gebeten, es geradezu verlangt, und er hatte ihr gesagt, daß gerade diese Forderung ihn hindere, ihr so oft zu schreiben. Aber dann gab er nach, schließlich schrieb er gern Briefe, und schickte ihr nahezu täglich lange Episteln.

Im Roman steckt Emma ihren Brief am Ende des

Gartens in eine Spalte des Terrassenmäuerchens. Rodolphe holt ihn dort ab und legt statt dessen einen eigenen an die Stelle, dessen Kürze Emma stets bedauert. Auch Louise beklagte sich nach den ersten Monaten, in denen Gustave sie mit Papier überschwemmt hatte, über die Kürze seiner Briefe.

Die große Schauspielerin hat die Rolle gewechselt, gibt Flaubert uns zu verstehen. Jetzt schickt sich Emma an, mit Würde und Geschick die Ehebrecherin zu spielen, die sie im Spiegel erkannt und mit rachsüchtiger Freude begrüßt hat.

Abends schlüpft Emma ins Bett ihres Mannes, tut so, als ob sie einschläft, und wenn sie sicher ist, daß ihr Mann schläft, schleicht sie »mit angehaltenem Atem hinaus, lächelnd, zitternd, halb nackt«, um am Ende des Gartens ihren Geliebten zu treffen. Rodolphe umhüllt sie mit seinem weiten schwarzen Mantel und drückt sie fest an sich. Und häufig kann er es sich nicht verkneifen, ordinäre Anspielungen auf ihren Ehemann zu machen, der nicht weit weg im Schlaf liegt.

Dies ist vielleicht das erste Mal in dem ganzen Roman, daß wir bei Emma Zartgefühl entdecken. Bei aller schroffen Strenge scheint Flaubert dieser Frau, die mit allen möglichen Fehlern belastet ist, zwar nicht Zuneigung, nicht Zärtlichkeit, nicht Loyalität, aber vielleicht doch eine Spur ehelicher Solidarität zuzuerkennen.

Rodolphes Witze scheinen sie wirklich zu stören. Warum den armen Charles aufs Korn nehmen, der so großherzig ist, daß ihm nie ein Zweifel oder Verdacht kommt?

Doch Flaubert steht mit seiner Pfeife daneben und scheint den Kopf zu schütteln. Täuscht Euch nicht, Leser, die Solidarität verwandelt sich im Handumdrehen in ein Erfordernis der Rolle. Emma ist weniger um ihren Mann besorgt als um den Mangel an Pathos in diesem Augenblick. »Sie hätte sich seine Haltung ernster, manchmal sogar tragischer gewünscht.« Kurz, es geht offenbar weniger um die Beleidigung von Charles' Person als um den Verstoß gegen die literarischen Klischees des Ehebruchs.

Zwei Tage später wiederholt sich das Ganze. Als Emma Schritte im Garten zu hören glaubt, fragt sie Rodolphe, ob er eine Pistole bei sich habe, um sich zu verteidigen. »Gegen deinen Mann? Ach, der arme Junge!« spottet er und macht dazu eine Bewegung, als wollte er sagen: »Den würde ich mit einem Nasenstüber erledigen.«

Emma scheint hin und her gerissen zwischen Bewunderung für seine »Kaltblütigkeit« und Empörung über die »Rohheit« dieser Worte.

Doch Rodolphes mangelnde Feinfühligkeit hindert sie nicht daran, immer indiskreter und sentimentaler zu werden. Eines Morgens in aller Frühe kommt sie plötzlich auf die Idee, zu ihrem Geliebten zu laufen. Und ohne im geringsten an die Gefahr zu denken, daß jemand sie sehen könnte, eilt sie über das vom Rauhreif feuchte Land zu ihm, nur um ihn bei seinem Erwachen zu umarmen.

Dann verlangt sie den Austausch von Miniaturporträts. Genau wie Louise. Und in ihres schließt sie eine dunkle Locke ein. »Und jetzt forderte sie sogar einen

Ring, einen richtigen Ehering, zum Zeichen ewigen Zusammengehörens.« Und gleich darauf fragt sie ihn nach seiner Mama, die seit zwanzig Jahren tot ist, wie Flaubert sarkastisch bemerkt. Aber Emma läßt nicht locker. Sie tröstet ihn in der läppischen Kleinkindersprache, in der Erwachsene zu einem frisch verwaisten Bübchen reden, und flüstert ihm zu, während sie zum Mond hinaufschaut: »Ich bin sicher, [unsere Mütter] dort oben billigen unsere Liebe!«

Emmas Leidenschaft wird wie eine Socke hin und her gewendet, mit all ihren unechten und lächerlichen Seiten. Blind wie ein Maulwurf, scheint Emma Rodolphes grobschlächtigen Charakter nicht im geringsten zu durchschauen und überschüttet ihn mit romantischen Schmeicheleien und kleinen Hätscheleien wie eine Heroine aus einem Feuilletonroman. ›Kann man sich noch unangemessener verhalten?‹ scheint Flaubert uns zu fragen.

In der Tat beginnt Rodolphe nach einer Reihe solcher Einfälle aus dem Handbuch des perfekten Ehebruchs ihrer offensichtlich überdrüssig zu werden. Aber wie soll er sie loswerden? Dabei gibt es auch immer noch etwas, das ihn an sie gebunden hält. »Sie war so reizend! Und noch nie hatte er eine so weiße Haut gesehen.«

Auch Louise war »reizend« und hatte eine weiße Haut, wie Flaubert in seinen Briefen immer wieder erwähnt. Und gewiß war er von ihr ebenso angezogen wie Rodolphe von Emma, obwohl er sich über ihr künstliches Getue ärgerte.

»Du möchtest, daß ich mich Dir zu Füßen werfe, als

wäre ich fünfzehn, daß ich auf Dich zufliege, daß ich zittere, daß auch ich weine. Du stellst mir die Erinnerung an Dich als eine Rache in Aussicht«, schreibt Gustave an Louise am 21. Januar 1847, als sie gerade erst ein Jahr zusammen waren, oder auch am 7. November desselben Jahres: »Ich liebe Dein Gesicht, und Dein ganzes Wesen tut mir wohl! Ja aber, ja aber, ich bin so erschöpft, so verdrossen, so von Grund auf unfähig, jemandes Glück zu machen, wer es auch sei! Dich glücklich machen! Ah, arme Louise, ich eine Frau glücklich machen! Ich verstehe ja noch nicht einmal mit einem Kind zu spielen. Meine Mutter nimmt mir die Kleine [die Nichte Caroline] weg, wenn ich sie anrühre, weil ich sie zum Weinen bringe, und sie ist wie Du, sie möchte zu mir und ruft nach mir.«

»Diese Liebe ohne Ausschweifungen«, erklärt uns Flaubert in bezug auf Rodolphe, »und ohne die gewohnte Leichtfertigkeit war für ihn etwas Neues und schmeichelte gleichzeitig seinem Stolz und seiner Sinnlichkeit.« – »Emmas Überschwenglichkeit, die sein gesunder Bürgerverstand verlachte, tat ihm dennoch im Grunde seines Herzens wohl, weil sie ihm galt. Nun, da er sicher war, geliebt zu werden, tat er sich keinen Zwang mehr an, und sein Benehmen begann sich unmerklich zu wandeln.«

Emma Bovary reagiert wie gewöhnlich falsch. Da sie den Mann, den sie liebt, nicht versteht, meint sie, ihn mit Sentimentalitäten und Gejammer zurückgewinnen zu können. Genau wie Louise, die auf Gustaves Gleichgültigkeit und Unfreundlichkeit abwechselnd mit Klagen und Herzensergießungen reagiert.

»Das erniedrigende Gefühl der eigenen Schwäche wurde zu einem verhaltenen Groll, den die Wollust immer wieder beschwichtigte. Es war keine freiwillige Zugehörigkeit mehr, es war wie eine immerwährende Verführung. Er unterjochte sie. Fast fürchtete sie ihn.«

Wie gut beobachtet und ausgedrückt ist hier der Mechanismus, mit dem die Selbstachtung verlorengeht! Erst das Anhimmeln, dann die Erniedrigung, der Groll und dann die Kälte der zu bloßem sexuellem Egoismus heruntergekommenen Lust. Es gibt kein Vertrauen, keine Zärtlichkeit und keine Großzügigkeit mehr, sondern nur noch Genußstreben und Machtwillen.

Auf den nächsten falschen Schritt lauernd, halten sie einander im Auge. Habt ihr gesehen, scheint Flaubert zu kommentieren, wie schnell sich Liebe ohne Freundschaft in Mißbrauch und Angst, in Laszivität und Gefühllosigkeit verwandelt?

Eines Tages erhält Emma einen Brief von ihrem alten Vater, dem sanften Théodore Rouault, der sie gern hat und sich Sorgen um sie macht, wenn auch aus der Ferne. Emma erinnert sich unwillkürlich an die Zeit, als sie noch mit ihm auf dem Bauernhof lebte. »Wie glücklich war sie damals gewesen, wie frei und voller Hoffnungen und Illusionen!« legt ihr Flaubert in den Mund. Was macht sie denn heute so unglücklich, wo ist die »große Katastrophe, die sie so verändert« hat?

An diesem Abend zeigt sich Emma bei ihrem Stelldichein mit Rodolphe kühl und abweisend. Und aus Rache erscheint er zur Strafe dreimal nicht zum Rendezvous. Da beginnt Emma zu denken, sie habe alles falsch gemacht. Warum hat sie ihren Mann nicht lieben können? fragt sie sich in einem Moment seltener Aufrichtigkeit. Warum ist sie ihm nicht treu geblieben? Wollt ihr sehen, grinst Flaubert, daß sie von einer neuen theatralischen »Opferfreudigkeit« angezogen ist?

Die Gelegenheit dazu ergibt sich durch ein Ereignis, das ihren Mann als Arzt betrifft. Homais, der Dorfapotheker, schlägt Doktor Bovary vor, den Klumpfuß des Stallknechts Hippolyte aus dem »Goldenen Löwen« zu operieren. Wenn er ihn heilt, und es kann sich dabei nur um eine kleine Operation handeln, werden alle Zeitungen darüber berichten, er wird berühmt werden und der Apotheker ebenso. Bei der Operation wird er ihm assistieren, und beide werden unweigerlich Dank und Ruhm des ganzen Kreises ernten.

Sollte es ein Zufall sein, daß das Opfer, der Stallknecht, Hippolyte heißt wie Louise Colets Ehemann, der ewig Kranke, das Symbol des Opfers auf dem Altar von Louises gesellschaftlichen und literarischen Ambitionen?

Emma will den Plan durchaus unterstützen. Wenn es ein Erfolg wird, wird sich dadurch auch ihr Ansehen und, was auch nicht übel ist, ihr Vermögen vermehren. »Der Plan entsprach durchaus ihrem Verlangen, sich auf etwas Solideres als auf die Liebe zu stützen«, die ihr in diesem Augenblick unzuverlässig und voller Bedrohlichkeit erscheint.

Bekanntlich mißlingt die Operation kläglich. Hippolyte droht unter grausamen Schmerzen an Wundbrand zu sterben. Ein erfahrener und diesmal wirklich berühmter Arzt kommt nach Yonville und amputiert dem armen Stallknecht das Bein, um ihn zu retten. Charles Bovary ist zutiefst beschämt und geschlagen. Emma in ihrem egoistischen Ehrgeiz verzeiht es ihm nicht, wobei sie vergißt, daß sie zu denen gehörte, die den Plan unterstützt haben.

Emma »sah ihn an. Sie dachte nicht an seine Demütigung. Sie dachte an ihre eigene, nämlich daß sie sich eingebildet hatte, ein Mensch wie er könne es zu etwas Besonderem bringen, als hätte sie nicht schon zwanzigmal erfahren, wie hoffnungslos mittelmäßig er war.«

Alles an ihrem Mann irritiert sie jetzt: seine Art zu reden, sich zu kleiden, sein Gesicht, seine Hände, sein ganzer Körper. »Sie bereute es wie ein Verbrechen, daß sie ihre Tugend überhaupt so lange bewahrt hatte, und was jetzt davon noch übrig war, ging unter den wütenden Schlägen ihres Hochmuts in Trümmer.«

Sollen wir denken, Emma hätte bei einem glänzenden beruflichen Erfolg Doktor Bovarys auf den Ehebruch verzichtet? Vielleicht, sagt uns Flaubert, aber nicht aus edlen Motiven. Der neue Ruhm und der Nimbus von Hochschätzung, die dem Herrn Doktor zuteil geworden wären, hätten ihr, weil schmeichelhaft für ihre Eitelkeit, lediglich ein anderes Spiel, eine andere Rolle ermöglicht, die der Ehefrau eines in seinem Beruf geachteten Mannes mit guten gesellschaftlichen Beziehungen, Geld und Wohlstand. Aber es wäre dennoch künstlich gewesen.

Doch nachdem das Unternehmen gescheitert ist, kann Emma keinerlei Mitleid mit dem Mann empfinden, der sich ohne Hintergedanken, aus purer Einfalt und Schwäche gegenüber Homais' dummen Ambitionen auf das chirurgische Experiment eingelassen hat. Charles kennt keinen Ehrgeiz, ihm würde es genügen zu sagen, wie es Flaubert selber tut, »ich habe mir mein Loch gegraben, und da bleibe ich und passe auf, daß immer die gleiche Temperatur herrscht«. (*Brief an Louise vom 26. August 1846*)

Aber Emma hat kein Urteilsvermögen. Für sie zählen nur die konkreten, sichtbaren Dinge. Und wenn es an diesen mangelt, fehlt ihr selbst das minimalste Verständnis. Ihrem Mann gegenüber zeigt sie sich erbarmungslos und grausam. »Sie schwelgte in allen bösen Hohngefühlen triumphierender Untreue. Die Erinnerung an den Geliebten überkam sie mit einer Wonne, daß ihr schwindelte, sie überließ sich ihr mit ganzer Seele, fühlte sich aufs neue leidenschaftlich zu ihm hingerissen.«

In einem Augenblick der Verzweiflung nähert Charles sich ihr, um ein wenig Trost zu suchen. Aber sie wendet sich ab wie eine Viper. »Laß mich!« schreit sie rot vor Zorn. »Was hast du denn? Was hast du denn?« fragt er verstört und bekümmert. »Du weißt doch, wie sehr ich dich liebe«, beharrt er sanft, ohne etwas zu begreifen. »Genug!« schreit sie mit »haßverzerrtem Gesicht«. Sie geht hinaus und schlägt die Tür hinter sich zu. Charles wirft sich in den Sessel und fragt sich nach dem Grund solcher Heftigkeit. Ob es eine Nervenkrankheit ist? In seiner Einfalt begreift und ahnt er nicht, was seiner Frau durch den Kopf geht, errät weder ihre Unruhe noch ihre gedemütigten Wünsche. Aber es zu verstehen, würde auch bedeuten, auf sie zu verzichten, und das kann Charles nicht. Er spürt, daß er die Beziehung nicht beherrschen kann, und zieht es vor, sich ihr zu überlassen, sanft, blind, aber ohne Bosheit, ohne Kleinlichkeit, indem er ganz und gar auf die angebliche Dauerhaftigkeit einer Liebesehe setzt. Und doch klingt ihm Emmas Stimme grausam in den Ohren, und er spürt »etwas Drohendes, Unfaßbares um sich her«.

Als Rodolphe am Abend in den Garten kommt, »fand er seine Geliebte auf der untersten Stufe der Mauertreppe seiner wartend. Sie umarmten sich, und aller Groll schmolz wie Schnee unter der Glut dieses Kusses«.

Emma hat sich inzwischen entschieden: Sie wird mit Rodolphe fliehen. Dieser Ehemann verdient sie nicht, diese Ehe demütigt und erstickt sie. Sie spricht mit Rodolphe darüber, der sich keineswegs begeistert zeigt, aber im Moment gute Miene zum bösen Spiel macht. Emma sieht sich von diesem Moment an als Fremde im eigenen Haus. Sie verbringt den Tag damit, sich die Nägel zu feilen, sie mit Zitrone zu reinigen, reibt sich den Körper mit *Coldcream* ein und parfümiert Taschentücher und Hemden mit *Patschuli.* »Sie überlud sich mit Armbändern, Ringen, Halsketten und schmückte sich wie eine Kurtisane, die einen Prinzen erwartet.«

Außerdem verschuldet sie sich weiter und immer schneller mit teuren Geschenken für ihren Geliebten, die sie bei dem Händler Lheureux auf Kredit kauft: Allein für eine Reitpeitsche mit vergoldetem Silberknauf gibt sie über zweihundertsechzig Francs aus, meldet Flaubert pedantisch. Dann folgen die Wildlederhandschuhe, die silberne Tabaksdose, das berühmte Medaillon, etc.

Es ist gewiß kein Zufall, daß Flaubert, während er den Roman schrieb, Louise Colet, mit der er sich nach dreieinhalbjährigem Schweigen versöhnt und wieder eine Liebesbeziehung aufgenommen hatte, nie auch nur eine Zeile zu lesen gab. Zu vieles konnte Louise kränken, zu viele Übereinstimmungen, zu viele Ähnlichkeiten.

Und dabei hatte Flaubert die Angewohnheit, Louise alles zu zeigen, was er schrieb. War sie denn nicht eine der ersten gewesen, die *Die Versuchung des heiligen Antonius* gelesen hatte, als von einer Veröffentlichung noch gar keine Rede war? Auch die erste Fassung der *Education sentimentale* [Die Erziehung des Herzens] aus dem Jahr 1843 ist durch Louises Hände gegangen. Und man muß sagen, daß sie immer sehr intelligente und lobende Worte für seine Werke gefunden hat.

Flaubert las übrigens seine Schriften gern möglichst vielen Leuten vor. Berühmt waren seine Einladungen nach Croisset zu Lesungen, die fünf bis sieben Stunden dauerten und mitten in der Nacht mit allgemeiner Erschöpfung endeten.

»Flaubert lädt uns zu einer großen Lesung aus *Salammbô* ein«, schreiben die Brüder Goncourt in ihrem Tagebuch am 6. Mai 1861. »Von vier Uhr bis sechs Uhr liest Flaubert uns vor mit seiner brüllenden, sonoren Stimme, die uns wie in einem Tönen von Bronze wiegt [. . .] Nach dem Abendessen wird eine Pfeife geraucht, die Lesung geht weiter, und wir gelangen mit Lesen und Resümieren der Passagen, die er nicht liest, bis ans Ende des gerade abgeschlossenen Kapitels: die Vögelei von Salammbô und Matho. Es ist zwei Uhr morgens, als wir so weit sind.«

Sie sind es auch, die uns berichten, wie besessen Flaubert von den Büchern de Sades war. »Es ist unglaublich, diesen de Sade findet man bei Flaubert an allen Ecken und Enden, wie einen Horizont.« (*10. April 1860*) »Besuch von Flaubert – Flaubert hat wirklich eine de Sade-Obsession [...] Er macht ihn zur Inkarnation der *Antiphysis* und geht in seinen schönsten Paradoxien so weit, zu sagen, er sei das letzte Wort des Katholizismus, der Haß auf den Körper.« (*9. April 1861*) »Den Abend bei Flaubert verbracht. Bouilhet war da; er sieht aus wie ein gutaussehender Arbeiter. Wunderbare Anekdoten über den Geiz in der Provinz [...] Dann Unterhaltung über de Sade, zu dem Flauberts Denken fasziniert immer wieder zurückkehrt.« (*29. Januar 1860*)

Und die Brüder Goncourt berichten uns auch von Flauberts Symptomen, die wir heute »psychosomatisch« nennen würden, beim Schreiben seiner Werke: »Flaubert erzählte uns, er habe, als er Madame Bovarys Vergiftung beschrieb, gelitten, als hätte er ein Stück Kupferblech im Magen, so daß er sich zweimal am Tag übergeben mußte.« (*10. Dezember 1860*)

»Flaubert erzählt uns, als Kind sei er so sehr in seiner Lektüre versunken, wobei er sich eine Haarsträhne um die Finger gewickelt und sich auf die Zunge gebissen habe, daß er manchmal sogar plötzlich auf den Boden gefallen sei. Eines Tages sei er beim Fallen gegen die Glasscheibe eines Schrankes geschlagen und habe sich die Nase aufgeschnitten.« (*11. Januar 1863*)

»Flaubert sitzt auf seinem Diwan, mit untergeschlagenen Beinen wie ein Türke. Er spricht von seinen Plänen, seinen Romanträumen [...] man fordert Flaubert auf, den ›Salonidioten‹ zu mimen. Er leiht sich einen Anzug von Gautier, schlägt den Kragen hoch. Mit seinen Haaren, seiner Gestalt, dem Ausdruck seines Gesichts macht er, ich weiß nicht was, aber mit einem Male ist er in ein erschreckendes Zerrbild des Stumpfsinns umgewandelt.« (*29. März 1862*)

Und er selber schreibt: »An dem Punkt, an dem ich jetzt angelangt bin, foltert mich dieses Buch dermaßen (und könnte ich noch ein drastischeres Wort finden, würde ich es verwenden), daß ich manchmal körperlich krank davon bin. Nun habe ich schon seit drei Wochen Schmerzen, daß ich eingehen könnte. Dann wieder Beklemmungen oder auch Brechreiz bei Tisch.« (*17. Oktober 1853*)

Das Zusammenleben mit seinen Freunden bestand aus Treffen, Abendessen, Leseabenden, aber auch aus vierhändigem Schreiben und gegenseitigem Korrigieren mit den engsten Freunden.

Maxime Du Camp, der zu den eifrigsten Besuchern in Croisset gehörte, bevor er durch Bouilhet ersetzt wurde, diskutierte nächtelang und korrigierte mit seiner Stahlfeder (Flaubert dagegen benutzte noch die Gänsefeder) die Manuskripte des Freundes.

Und Louis Bouilhet schrieb einige Jahre später: »Auf jeden Fall werde ich Dir jetzt voll und ganz für Deinen Roman zur Verfügung stehen. Wir werden den ganzen ersten Teil Wort für Wort durchgehen.« (Mantes, *19. Januar 1866*)

»Gestern habe ich meine letzten zwanzig Seiten [von *Madame Bovary*] Bouilhet vorgelesen, der damit zufrieden war«, schreibt Flaubert am 26. Juli 1852 an Louise, »und doch lese ich ihm am nächsten Sonntag alles noch einmal vor. Dir bringe ich nichts; Dir gegenüber bin ich kokett, und ich werde Dir nicht eine Zeile zeigen, bevor ich nicht ganz fertig bin, so gern ich das Gegenteil täte. Aber das ist vernünftiger. Du wirst es dann um so besser beurteilen können und um so mehr Freude daran haben, wenn es gut ist. Noch ein langes Jahr!«

Aber offensichtlich handelt es sich weniger um Koketterie als um Vorsicht. Sie ist wirklich seltsam, diese Beziehung zwischen Flaubert und Louise Colet, die nach fast vier Jahren des Schweigens und Getrenntseins wieder neu beginnt.

Die Korrespondenz aus der ersten Zeit ihrer Verbindung ist leidenschaftlich und widersprüchlich. Natürlich kann man nur von seinen Briefen sprechen, weil ihre verlorengegangen oder vernichtet worden sind, vielleicht von Flaubert selbst, denn er war scheu und empfindlich in bezug auf seine Gefühle und auf die, die er auslöste. (Betroffen über die Publikation der unveröffentlichten Briefe Mérimées, beschlossen Gustave und Bouilhet, alle Briefe, die sie sich als Jungen geschrieben hatten, zu verbrennen. Und das gleiche tut Maxime. Deshalb ist die Korrespondenz mit seinen beiden engsten Freunden heute verstümmelt.)

Was Louise Colet angeht und den Briefwechsel aus der zweiten Phase, den sie sorgsam aufbewahrt hat, so ist der Ton, den wir hier finden, sehr viel mehr der eines Lehrers gegenüber seiner Schülerin als der eines

Liebhabers gegenüber der Geliebten. Sie schickt ihm ihre Manuskripte, die stets langatmig, stets voll von literarischer Begeisterung, stets unbeholfen und angestrengt sind, wie er sie mit einer bisweilen eindeutig sadistischen Aufrichtigkeit wissen läßt. »Sein Masochismus ist gewiß«, schreibt Sarte in *Der Idiot der Familie*, »aber sein Sadismus nicht minder. Er entspringt seinem negativen Stolz und seinem erbitterten Groll.«

»Ich mache keine Randbemerkung zum zweiten Teil von *Fantômes*, weil mir fast nichts darin gefällt«, schreibt Flaubert an Louise am 1. September 1852. »Weißt Du, was Dir am meisten fehlt? Urteilsvermögen. Man erlangt es, indem man sich in kaltes Wasser getauchte Schwämme auf den Kopf legt, liebe Wilde. Du tust und schreibst ein wenig, was Dir gerade durch den Kopf schießt, ohne Dich um das Ergebnis zu kümmern.« »Trockne Deine armen Augen und benutze sie nicht zum Weinen, sondern zum Sehen [...] Ständig vermischst Du Deine Einfälle und Deine Leidenschaft, was die einen schwächt und dich daran hindert, die anderen zu genießen. Oh, könnte ich doch aus Dir machen, was ich mir erträume! Was für eine Frau, was für ein Wesen wärst Du!« (*25. November 1853*)

Oder: »Du deklamierst, Du schreibst nicht [...] Nein, nein, nein, diesen Schund kann ich dir nicht durchgehen lassen.« »Was mich geärgert hat [...] ist Deine Halsstarrigkeit [...] Dein Hirn ist für mich mehr und mehr ein Anlaß zu Verblüffung und fast zu Schwindelanfällen [...] es stecken prachtvolle Dinge in Deiner Komödie [*L'Acropole*], vollkommen einzigartige Dinge, exzellente Verse [...] Daneben dann unerhörte Schwächen, Leere, Wiederholungen [...] Es ist sehr schön und sehr schlecht zugleich.« (*14. März 1853*)

»Um als Frau Literatur zu machen, muß man ins Wasser des Styx hinabgestiegen sein.« (*23. Dezember 1853*) »Du hast zwei Saiten, meine Muse, einerseits einen Sinn für Dramatik, der nicht aus Theaterdonner, sondern aus reinen Effekten besteht, und andererseits eine instinktive Übereinstimmung mit der Farbe, mit der Bedeutung. Diese beiden positiven Eigenschaften sind von Schwächen durchzogen, die teils durch Deinen Charakter, teils durch Dein Geschlecht bedingt sind: die eine ist Dein Hang zur Philosophiererei, zur Maxime, zur politischen, sozialen, demokratischen Sentenz, all das Zeug, das von Voltaire herkommt und von dem auch Victor Hugo nicht frei ist. Die zweite Schwäche ist die Unbestimmtheit, das weibliche gezierte Getue. Wenn man Dein Niveau erreicht hat, darf das Laken nicht mehr nach Milch riechen.«.

Und doch fehlt es auch in diesem zweiten Teil der Korrespondenz nicht an Momenten der Zärtlichkeit. Es gibt die Erinnerung an die vergangene Liebe, wenn auch mit Fadheit getönt: »Wie habe ich Dich geliebt. Ozeane aus Sahne hatte ich in der Seele.« (*9. Juni 1852*); die Annehmlichkeit, sich frei mit einer Freundin zu unterhalten: »Was für einen Spaß mir das macht, mit Dir zu plaudern. Ich lasse meine Feder laufen, ohne daran zu denken, daß es schon spät ist. Es entspannt mich, Dir aufs Geratewohl all meine Gedanken zu schicken, Dir, meinen schönsten Herzensgedanken« (*1. September 1852*); das Vergnügen, sich in aller Ruhe über Familienangelegenheiten auszulassen: »Meine Mutter hat seit 25 Jahren eine Hausangestellte, sie glaubte, diese sei ihr treu ergeben, etc. Nun hat sie gemerkt, daß sie ihr Vertrauen ›mißbraucht‹ hat, wie man so sagt, und unter anderem einen Bruder (einen komischen Kerl, der nicht gerade komisch und ausgesprochen dumm und gemein ist) gänzlich auf unsere Kosten unterhielt«; die Befriedigung, über die eigene Arbeit wie mit sich selber zu sprechen: »Die *Bovary* schleppt sich immer noch dahin, kommt aber wenigstens voran! [...] Ich habe vieles noch einmal gelesen. Der Stil ist holprig und zu methodisch! Man sieht die Schrauben zu deutlich, die die Planken am Kiel zusammenhalten. Man muß mehr Spiel lassen. Aber wie? Was für ein erbärmliches Metier!« (*25. März 1853*); die Gewohnheit, sie zu tadeln: »Du bist eifersüchtig auf den Sand, auf den ich meinen Fuß gesetzt habe, ohne daß mir davon auch nur ein Korn in die Haut gedrungen ist, während ich einen tiefen Schnitt im Herzen aushalte, den Du ihm beigebracht hast«; und die Eitelkeit, einer Frau gegenüber mit Kennerton von den Frauen zu reden: »Was Kuchuk-Hanem angeht, ah! beruhige Dich und berichtige zugleich Deine Vorstellungen vom Orient. Laß Dir sagen, daß sie rein gar nichts empfunden hat [...] Sie hat äußerst nette Chawadjas (Herren) in uns gesehen, weil wir eine ganze Menge Piaster dort gelassen haben, das ist alles [...] Die Orientalin ist eine Maschine, und sonst nichts; sie macht zwischen dem einen und dem andern Mann keinerlei Unterschied. Rauchen, ins Badehaus gehen, sich die Augenlider malen, Kaffee trinken, das ist der Kreislauf der Beschäftigungen, in dem sich ihr Leben bewegt. Was den körperlichen Genuß anlangt, so muß gerade der sehr gering sein, da man ihnen den Sitz desselben, jene berühmte Knospe, schon frühzeitig herausschneidet. Und gerade das macht diese Frau in gewisser Hinsicht so poetisch, daß sie eben absolut in die Natur eingeht [...] Woran liegt denn die Majestät ihres Äußeren, woher kommt sie? Vielleicht aus der Abwesenheit jeglicher Leidenschaft. Sie besitzen die Schönheit wiederkäuender Stiere, dahinjagender Windhunde, kreisender Adler. Sie sind erfüllt vom Gefühl der Fatalität, so verleiht die Überzeugung von der Nichtigkeit des Menschen ihrem Tun, ihren Posen, ihren Blicken einen grandiosen und resignierten Charakter [...] und dann die Sonne! die Sonne! und eine maßlose Trostlosigkeit, die alles verschlingt. Wenn ich orientalische Poesie fabrizieren würde (denn auch ich werde welche schreiben, da es Mode ist und alle Welt es tut), würde ich versuchen, genau das hervorzuheben [...] Du sagst mir, daß die Wanzen Kuchuk-Hanem für Dich abwerten; das ist es gerade, was mich bezaubert hat. Deren widerwärtiger Geruch mischte sich mit dem Duft ihrer von Sandelholzöl triefenden Haut.« (*27. März 1853*)

Die Beziehung zwischen Emma und Rodolphe ist zu einem Einbahndialog geworden. »Liebst du mich?« fragt sie. »Aber natürlich lieb ich dich«, erwidert er vage. »Sehr?« insistiert sie lästig. »Du hast nie eine andere vor mir geliebt, sag?« »Glaubst du, daß ich meine Unschuld bei dir verloren habe?« entgegnet er vulgär. »Ich liebe dich so sehr«, wiederholt sie monoton, »ich bin deine Dienerin und deine Dirne! Du bist mein König, mein Abgott! Du bist gut! Du bist schön! Du bist klug! Du bist stark!«

Und hier glaubt man Gustaves Worte an Louise wiederzuhören: »Du betrachtest mich ein wenig, wie Madame de Sévigné es mit Louis XIV. gemacht hat: ›Oh, der große König!‹, weil er mit ihr getanzt hatte. – Weil Du mich liebst, hältst Du mich für schön, intelligent, prachtvoll, Du prophezeist mir große Dinge. Nein, nein, Du täuschst Dich.« (*7. Oktober 1846*)

Aber Rodolphe ist nicht Flaubert. Während Louises Briefe den jungen Gustave verärgern und er der leidenschaftlichen, schriftstellernden Geliebten am liebsten fernbleiben möchte, entlocken Emmas Erklärungen dem jungen Gutsbesitzer nur oberflächliche, triviale Gedanken. »Er hatte dergleichen schon so oft gehört [...] Emma war eben wie alle Frauen [...] Der Zauber der Neuheit fiel Stück um Stück ab wie ein Kleid und ließ das nackte ewige Einerlei der sinnlichen Leidenschaft zum Vorschein kommen.«

Und »mit der kritischen Überlegenheit, wie sie Menschen eigen ist, die sich in ihrem Verhältnis zu anderen nie ganz ausgeben, wußte Rodolphe dieser Liebe dennoch wieder gewisse Reize abzugewinnen. Er ließ jegliche Rücksicht auf Emmas Schamgefühl fallen. Er behandelte sie ganz nach Willkür. Er machte sie zu allem gefügig und verdarb sie gründlich.«

Und was tut Emma? Wie reagiert sie auf diese Wandlung ihrer Liebesgewohnheiten? Weder mit Schmerz noch mit Rache, wie man vielleicht vermuten könnte. Flaubert scheint die Mechanismen der Selbsterniedrigung bestens zu kennen, als hätte er sie an sich selbst studiert. Der Fuß rutscht auf der Schmeichelei aus, und es kommt zum Sturz in die Vergötterung des geliebten Menschen, der einen verachtet.

Emma läßt sich in der Tat darauf ein. Und nicht nur das, sie verändert sogar ihren Gang und ihr Benehmen: »Ihre Blicke wurden kühner, ihre Reden freier.« Und hier veranschaulicht Flaubert ungewollt eine Vorstellung, die alle paternalistischen Gesellschaften immer gehegt haben, nämlich, daß die Emanzipation der Töchter mit der Entdeckung und der Suche der sexuellen Lust beginnt.

»Sie hatte sogar die Dreistigkeit, sich an Rodolphes Seite mit einer Zigarette im Munde sehen zu lassen, um die Leute zu schockieren.« Eines Tages schließlich sehen die Leute in Yonville sie sogar aus der Postkutsche steigen, »die Taille in eine richtige Herrenweste geknöpft wie ein Mann«.

Damit sind wir wieder beim Thema der Androgynie. Doch ohne jemals die Pforten zum Abgrund wirklich aufzustoßen. Wenn das Herumlaufen in Männerweste mit Zigarette im Mund bedeutet, die Zeichen einer Durchbrechung der sexuellen Rollen zu tragen, dann bewegen wir uns damit lediglich im Rahmen eines Schwindels, scheint uns Flaubert zu sagen. Das große Spiel mit der Vertauschung der Geschlechterrollen bleibt in der bloßen Behauptung einer leeren Geste stecken.

Unterdessen trifft im Hause Bovary die Schwiegermutter ein und ist empört, ihre Schwiegertochter in einem derartigen Zustand von Unordnung, Nachlässigkeit und ohne jedes Interesse an Haus, Mann und Kind vorzufinden.

Sie wirft ihr wie üblich vor, zu viele Romane zu lesen, und wirft ihrem Sohn vor, daß er es nicht verstanden habe, seine Frau von dem ständigen Lesen abzuhalten.

Doch diesmal schweigt Emma nicht; sie sagt der empörten Schwiegermutter gehörig die Meinung. Es ist klar, daß diese Aufmüpfigkeit von Flaubert als eine Folge von »Emmas« Verdorbenheit gesehen wird. Die beiden Frauen geraten schwer aneinander, während der arme Charles sich verzweifelt fragt, was er tun könne, um den Familienfrieden wiederherzustellen. Er fühlt sich seiner Mutter verbunden, aber gewiß liebt er seine Frau mehr. Er möchte die eine verteidigen, ohne die andere zu verletzen. Aber wie soll er es anstellen?

Emma beschließt, entschiedener denn je, ganz und gar auf die Flucht zu setzen. Die Augen voller Tränen, »lehnte sie sich an Rodolphes Schulter und flüsterte: ›Ach, wenn wir erst in der Postkutsche sitzen werden.‹« Er weigert sich nicht, ja, er scheint den Plan sogar zu unterstützen, aber ein Funken Sensibilität würde genügen, um zu begreifen, daß er in Wirklichkeit keinerlei Lust dazu hat. Auf Emmas Drängen wird jedoch ein Tag festgesetzt.

»Nie war Frau Bovary so schön gewesen«, kommentiert der Autor und hat diesmal vielleicht, so denken wir, ein wenig Nachsicht mit der unglücklichen Emma, die in ihrem Liebestraum verloren und endlich einmal bereit ist, eine konkrete, wirkliche Entscheidung zu treffen. »Es war jene unerklärliche Schönheit, die Freude, Begeisterung und Erfolg verleihen [...] Ihre Lider schienen eigens zugeschnitten zu sein für die schmachtenden Liebesblicke, in denen sich die Augensterne verloren, indes ein leidenschaftlicher Atem die feinen Nüstern spannte und die vollen Mundwinkel hob.«

»Die schwere Fülle ihres Haares trug sie immer nur lässig im Nacken zusammengeschlungen, regellos, wie es sich gerade ergab nach den heimlichen Liebesstunden, bei denen es täglich gelöst wurde; aber der raffinierteste Künstler hätte es nicht verführerischer anordnen können.«

Im Bett ihres Ehemannes malt sie sich die Flucht aus, das Fortgehen und die Ferne. Doch auch in diesen Phantasien – und hier fängt Flaubert wieder höhnisch an zu grinsen – erweist sich unsere Heldin als unrettbar manieriert und gewöhnlich. »Sie würden an stiller Meeresbucht in einem niedrigen Häuschen mit flachem Dach, das im Schatten einer Palme stand, wohnen; hier wollten sie in Gondeln fahren und sich in Hängematten wiegen, und ihr Dasein sollte so leicht und weit sein wie ihre Seidengewänder, so warm und sternenklar wie die holden Nächte, in deren Betrachtung sie sich versenken würden.«

Aus Flauberts Briefen erfahren wir, daß Louise Colet oft davon träumte, nach Venedig zu fahren, wo sie als Kind mit ihrem Vater gewesen war, und wirklich von Gondeln und Palmen träumte und Venedig mit Kairo verwechselte. Aber Louise war zu arm, um sich eine solche Reise leisten zu können. Und Gustave war nie so großzügig, daß er sie auf eine seiner langen Reisen mitgenommen hätte, wie er es mit seinem Freund Maxime Du Camp oder mit Louis Bouilhet durchaus tat.

Aber wie konventionell Louises Träume auch gewesen sein mögen, wahrscheinlich erreichten sie nicht das Niveau an schlechtem Geschmack, das Flaubert der Emma in seinem Roman zuschreibt. Übrigens verbrachte auch er ganze Tage damit, imaginäre Reisen nach Italien, Afrika oder in den fernen Orient vorzubereiten. Seine Phantasien vom Herumvagabundieren waren manchmal den naiven Phantasien von Emma und Louise nicht unähnlich. Eine gewisse Exotik mit schillerndem, tröstlichem Zauber fehlte keineswegs in seinem kulturellen Gepäck, was ihm durchaus bewußt war.

Unterdessen naht für Emma der festgesetzte Abreisetag. Aber Rodolphe findet eine Ausrede: er bittet sie um einen Aufschub von vierzehn Tagen. Ohne Argwohn willigt Emma ein. Was bleibt ihr auch anderes übrig? Ihr Plan ist so unbestimmt, daß er weder eine Vorstellung davon, welchen Ort sie gemeinsam erreichen wollen, noch einen ökonomischen Plan, noch sonst irgend etwas enthält. Sie verläßt sich völlig auf die Initiative ihres Geliebten. Sie selbst hat lediglich bei dem üblichen Lheureux einen Koffer und einen Reisemantel bestellt.

Schließlich, nach zwei weiteren Aufschüben, die Rodolphe erbeten hat, wird die Abreise definitiv auf Montag, den 4. September, festgesetzt. Am Abend davor treffen sie sich wegen der letzten Absprachen im Wald von Yonville. Emma findet ihn traurig und fragt nach dem Grund. Aber er antwortet nicht. »Liebst du mich? Schwör mir!« drängt sie. »Ob ich dich liebe, ob ich dich liebe?! Ich bete dich an, mein Engel«, wiederholt er, bemüht, überzeugend zu sein, aber man begreift, daß er an etwas anderes denkt.

»Auf morgen«, sagt Emma vertrauensvoll. Er nickt zustimmend. Sie macht sich auf den Heimweg. Er wendet sich um und sieht ihr nach, und »als er ihr weißes Kleid nach und nach im Dunkeln verschwinden sah wie eine Geistererscheinung, befiel ihn ein solches Herzklopfen, daß er sich am nächsten Baum halten mußte, um nicht umzufallen.«

Seine Überlegungen sind jedoch sehr praktisch: »Immerhin – reizend war sie!« Aber »schließlich kann ich doch deshalb nicht außer Landes gehen, mir ein Kind auf den Hals laden. [...] Und dann die Scherereien, die Kosten... Ah, nein, nein, tausendmal nein! Es wäre doch zu dumm gewesen!«

Am nächsten Morgen erhält Emma einen Brief, der in einem Korb Aprikosen versteckt ist. »*Du courage*, Emma! *du courage*!« schreibt Rodolphe heuchlerisch, »Ich will nicht der Anlaß sein, daß Sie für Ihr ganzes Leben unglücklich werden.«

Während Emma den verhängnisvollen Brief liest, kehrt Flaubert erzählerisch sehr wirkungsvoll wie in einem filmischen Flashback zu Rodolphe zurück und zeigt ihn uns, wie er den Brief schreibt und für sich kommentiert: »Arme kleine Frau! Sie wird mich für gefühllos halten wie einen Felsblock. Ein paar Tränen hätten noch drauf sein sollen [...] Er goß etwas Wasser in ein Glas, tauchte den Finger hinein und ließ einen dicken Tropfen auf das Papier fallen.«

Emma liest Rodolphes Zeilen, und ihr erster Impuls ist, sich aus dem Fenster der Dachkammer zu stürzen, wo sie sich versteckt hat, um den Brief in Ruhe zu lesen. Doch sie tut es nicht. Sie wird einfach ohnmächtig. So wie damals, als sie erfuhr, daß sie eine Tochter statt eines Sohnes geboren hatte. Die Ohnmacht ist eine Möglichkeit, den Vorhang vor einer allzu kompromittierenden und schmerzlichen Szene fallen zu lassen.

Gleich darauf kommt Charles, sogar die Kleine kommt und will sie umarmen, aber Emma scheucht alle weg: »Nein, nein... niemand!« schreit sie und wird erneut ohnmächtig.

Dreiundvierzig Tage lang liegt Emma im Fieberwahn, und ihr Mann sitzt weinend daneben. Endlich, sagt sich der Leser, endlich ein echtes, menschliches Leiden. Eine Frau, die alles auf einen Mann gesetzt hat, auf eine Flucht, und sich im letzten Moment niederträchtig verlassen sieht, ist es da nicht verständlich und nur recht und billig, daß sie einen Augenblick echten Schmerzes, echter Trostlosigkeit erlebt?

Aber nein. Auch dieser Augenblick des Leidens wird ins Groteske verzerrt. Emma, sagt uns Flaubert, findet eine Möglichkeit, das Ereignis auf einer ihrer geliebten Bühnen in Szene zu setzen. Was hat Frau Bovary denn noch nicht ausprobiert? Eine Hinwendung zum Mystizismus. Und welche Gelegenheit wäre besser geeignet als diese, eine ganz neue Rolle zu spielen? In der Tat, gerade noch lag sie scheinbar im Todeskampf, da ist sie schon wieder damit beschäftigt, ihre neue Rolle als Märtyrerin, die auf ihre Heiligsprechung wartet, vorzubereiten.

Kaum kann sie den Mund wieder aufmachen, läßt sie ihren Mann einen Priester holen, und als dieser sie mit Weihwasser besprengt, »glaubte sie in den Lüften die Harfen der Seraphine zu hören, und in azurblauem Himmel auf goldenem Thron, umringt von Heiligen mit grünen Palmen in den Händen, sah sie Gottvater in strahlender Majestät sitzen, und auf sein Zeichen schwebten Engel auf Flammenflügeln herab, um sie in die Arme zu nehmen und zu ihm emporzutragen.«

»Sie wollte eine Heilige werden. Sie kaufte sich Rosenkränze, sie trug Amulette, sie wünschte sich einen mit Smaragden besetzten Reliquienschrein, um ihn jeden Abend zu küssen.«

»Frau Bovary war noch nicht wieder fähig, klar genug zu denken«, kommentiert Flaubert kühl, »um sich ernsthaft mit irgend etwas zu beschäftigen.« Trotz der vielen frommen Bücher, in die sie sich vertiefte. »Wenn ihr das Buch aus der Hand sank, glaubte sie sich von der zartesten katholischen Melancholie befallen.«

In diesem Sammelsurium von Gefühlen und Vorstellungen ist *Bouvard und Pécuchet* bereits ganz und gar enthalten. Wie alle großen Dilettanten versucht sich auch Emma gern in verschiedenen, weit auseinander liegenden Bereichen, von denen jeder einen riesigen Schatz an Kenntnissen umfaßt, zu deren Aufnahme Jahre des Studiums und der beruflichen Praxis erforderlich gewesen wären.

Aber Emma ist eben anmaßend. Ein weiblicher Don Quichotte, ohne Sympathie betrachtet. Disziplin und Fleiß sind ihr zuwider, unserer Madame Bovary. Sie träumt davon, Dinge, die sie nicht kennt, zu beherrschen, nur weil sie davon gehört beziehungsweise gelesen hat. Ihre unbefangene Ahnungslosigkeit ruft unweigerlich Mitleid vermischt mit Ärger hervor.

Wir könnten auch sagen, daß dies die allgemeine Situation der »Fräulein aus gutem Hause« im neunzehnten Jahrhundert war. Viele Träume, viele Mythen, kein wirklich tiefergehendes Wissen, keine praktische berufliche Erfahrung. Von einer Schriftstellerin dachte man, sie habe keine »Kompetenzen«: Wie konnte man von Liebe reden, wenn man unter Kuratel stand und jede Freiheit als Libertinage betrachtet wurde?

Bereit, in Ohnmacht zu fallen, um nein oder auch um ja zu sagen, waren sie gezwungen, »heftigen« Gebrauch von der Körpersprache zu machen, der einzigen Ausdrucksmöglichkeit, die ihnen gestattet war.

Aber Flaubert hat kein Mitleid mit Emmas Schwächen und will sie nicht im historischen Zusammenhang sehen, wie es sein Freund Henry James getan hätte, und er hatte auch kein Interesse daran, den tiefsten Kern der weiblichen Unruhe in den Mittelpunkt zu stellen, wie es ein anderer berühmter Freund von ihm getan hat, Turgenjew.

Flaubert gefällt sich darin, uns mit selbstzufriedener Pedanterie seine Emma in ihren unterschiedlichen schauspielerischen Darbietungen zu beschreiben. Nachdem er uns erzählt hat, wie sie sich darauf vorbereitet, die Rolle der »Heiligen« zu spielen, sagt er uns jedoch, daß auch die erregendsten Rollen irgendwann zu Ende gehen, aus dem einfachen Grund, daß Emma Bovery sich selbst langweilig wird. Außerdem, wenn sie auf der immer gleichen Darbietung beharren würde, würde sie dann nicht eine Spezialistin auf diesem Gebiet werden? Eine Künstlerin sozusagen?

Ihrem Dilettantismus liegt kein echtes Gefühl zugrunde, nicht einmal Neugier für den Gegenstand, den sie behandelt, als wäre sie dazu berufen.

Und während so zunächst ihr Schlafzimmer zum Ziel der frommen Freundinnen und der Priester wird, lebt allmählich mit wiederkehrendem Appetit auch der

Widerwille gegen diejenigen, die Zeugen ihrer Frömmigkeitsdemonstrationen gewesen sind, wieder auf.

Je kräftiger ihr Körper wird, desto schwächer wird ihre Begeisterung für das Mystische. Ihre Stimme wird wieder energisch und entschieden, ihre Wohltätigkeitswerke werden weniger.

Der Apotheker Homais rät Charles Bovary, doch einmal mit ihr »zu ihrer Zerstreuung nach Rouen ins Theater zu fahren«, um ihre Genesung zu fördern. Sie ist immer noch so blaß und mager. Aber Emma will nichts davon wissen.

Sich von ihrer neuen Rolle zu trennen, wie langweilig sie ihr auch inzwischen sein mag, kostet sie jedesmal große Mühe.

Charles beharrt, überzeugt, daß »ihr die Abwechslung guttun werde«. Und er meint es ehrlich, wie wir wissen. Wir fragen uns allmählich, ob er nicht die einzige Romanperson ist, der gegenüber Flaubert insgeheim eine unterschwellige liebevolle Nachsicht zeigt.

Eines Abends endlich entschließt sich Emma, und alle beide werfen sie sich in Staat, um nach Rouen zu fahren und sich *Lucia di Lammermoor* anzusehen.

Emma, sagt Flaubert, liebt Musik oder, genau gesagt, das Melodram. Aber ihre Liebe gilt nicht dem Wesentlichen der Musik, nicht einmal der einfachsten und volkstümlichsten Genießbarkeit der berühmten Arien und Duette, sondern sie bleibt bei dem stehen, was sich in den Opernlibretti an Sentimentalem, Dröhnendem und Folkloristischem findet.

Während des ersten Aktes der *Lammermoor* im Theater von Rouen sehen wir unsere Heldin schmachtend auf die Logenbrüstung gestützt, scheinbar von der Musik tief berührt. In Wirklichkeit ist ihre Aufmerksamkeit von dem Tenor gefesselt, der ihr schön und liebenswert erscheint, und sie stellt sich vor, sich in einer Sturmnacht von ihm entführen zu lassen. Unheilbare, liebliche Emma – an dieser Stelle wissen wir nicht mehr, ob wir sie gegen ihren eigenen Autor in Schutz nehmen oder sie schmachvoll ihrem unerträglichen Hang zum Kitsch überlassen sollen.

Unterdessen geht Charles ins Foyer hinunter, um

etwas zu trinken zu holen. Als er zurückkommt, sagt er zu seiner Frau: »Rate mal, wen ich getroffen habe? Léon! Er wird gleich herkommen, um dich zu begrüßen.«

Von dem Moment an verfolgt Emma nicht länger die Oper und vergißt den Sänger, der sie noch wenige Minuten zuvor verführt, und die schönen Worte, denen sie sich mit Begeisterung überlassen hatte.

Bei dem Gedanken an Léon fallen ihr die Tête-à-têtes am Kamin wieder ein, ihre Liebe, die »so still und beharrlich, so verhalten und zart« gewesen war.

Als der schöne Léon die Loge betritt, zeigt sie sich erfreut, ihn zu sehen, und als er sie fragt, ob die Oper sie nicht langweile, gesteht sie sofort, ja, sie langweile sich sehr. So beschließen sie, hinauszugehen, trotz der schüchternen Proteste von Charles, der wirklich von der Musik ergriffen war und aufmerksam zugehört hat.

Die drei gehen spazieren und schlürfen ein Rumsorbet. Dann schlägt Léon vor, am nächsten Tag noch einmal in die Oper zu gehen, um sich den versäumten letzten Akt anzusehen. Doktor Bovary sagt, er müsse leider nach Yonville zurück, schlägt aber seiner Frau vor – glücklich, ihr eine Freude zu machen –, sie könne doch noch bleiben.

Abermals ist es ausgerechnet er, der fürsorgliche, verliebte Ehemann, der seine Frau in die Lage versetzt, ihn zu betrügen. Aber Charles ist weder zynisch noch berechnend. Da seine Liebe über allem steht, ist er wirklich froh zu sehen, daß es seiner Frau gut geht und daß sie nach so langem Leiden ein wenig Zerstreuung genießt.

Man könnte sagen, daß er sich damit eher wie ein Dummkopf als wie ein Zyniker verhält und daß eben dies sein Pech ist. Aber ein Ehemann, der nichts wissen will, wird nie etwas erfahren, und wenn man ihm noch so sehr die Tatsachen unter die Nase reibt. Man könnte sich fragen, warum ein Ehemann nicht wissen will, was seine Frau ihm antut. Vielleicht aus Angst vor den Folgen? Oder um seine eigenen ebenso heimlichen Missetaten damit zu entschuldigen? Oder aus absolutem Desinteresse an dem, was seine Frau macht? Oder um endlich in Ruhe gelassen zu werden oder aus masochistischer Lust am Leiden? Oder weil gerade das ihn sexuell reizt: seine Frau mit einem anderen zu sehen oder sich vorzustellen? Oder weil es zweckmäßig für ihn ist, wenn seine Frau zu Hause seine Frau bleibt, und er weiß, daß er sie nur halten kann, wenn er ihr ein gewisses Maß an sexueller Freiheit läßt? Es gibt so viele Gründe, und alle sind plausibel.

Man muß jedoch sagen, daß keiner dieser Gründe Charles Bovarys Blindheit zugrunde liegt. Wir erinnern uns daran, daß er in der Schule »Scharbovari« genannt wurde, weil er aus Schüchternheit stotterte, und daß man sich über ihn lustig machte, weil er unbeholfen und zaghaft war. Wir erinnern uns auch, daß seine Mutter ihn dazu brachte, die Doktorprüfung abzulegen, weil er von sich aus in Träumen gelebt hätte, ohne etwas zu tun; wir erinnern uns, daß er im Klassenraum seine Mütze, während die anderen ihre unbekümmert unter die Bank warfen, mit rührender Verlegenheit an die Brust gedrückt hielt, so daß er für einen Trottel gehalten wurde. Wir erinnern uns, daß es wiederum seine Mutter war, die ihm die Stelle als Gemeindearzt besorgte und ihn mit einer reichen Witwe verheiratete, die später alles verlor und vor Kummer darüber starb.

In gewisser Hinsicht lebt auch Charles wie Emma in Träumen, aber seine Träume sind einfacher, sie haben nichts mit der Literatur zu tun. Bei ihm besteht keine Gefahr, daß er ein Buch liest. Er ist immer unterwegs auf seinem armen Reittier, wenn ihm das auch nicht viel bringt. Charles ist jemand, der Zeit verliert, der Sympathie für andere hat, der die milde Wärme seiner geringen Einbildungskraft der übermäßigen Hitze der Wirklichkeit vorzieht.

Vielleicht sind sie deshalb im Grunde ein Paar, das zusammenpaßt. Alle beide wenden sie sich von der konkreten Wirklichkeit ab. Nur daß Emma eine Welt aus sentimentalen Übertreibungen spielt und erfindet, während Charles sich an die wenigen Gewißheiten in seinem Leben hält: die Liebe zu seiner Frau, die Zärtlichkeit für seine Tochter, die liebevolle Unterwerfung gegenüber seiner Mutter und damit genug. Für etwas anderes ist in seinem Herzen kein Platz. Wie bei allen Menschen, die sich auf ein, zwei einzelne Dinge beschränken und dazu neigen, sie zu vergrößern, sie sich anzupassen, sie zu hätscheln und zu pflegen.

Charles, der ein großer, dicker Mann ist (war nicht auch Flaubert groß und dick? Wurde nicht auch er als Kind in seiner Familie für einen Trottel, fast für einen Idioten gehalten?) ist sich seines Körperumfangs äußerst bewußt und bewegt sich vorsichtig, um nichts Zerbrechliches zu zertreten. Plump, unbeholfen, träge, man könnte sogar sagen blöde, erweist er sich in Wirklichkeit zu dem fähig, wozu keine der Flaubertschen Personen imstande ist: zu mütterlicher Hingabe, beschützender Zärtlichkeit, unendlicher Großzügigkeit gegenüber dem Menschen, den zu lieben er sich entschieden hat.

Nur Mütter sind fähig, so zu lieben, ohne etwas dafür zu verlangen, und wer weiß, ob nicht in der Liebe unter Erwachsenen diese Art von Gefühl letztlich schädlich und verhängnisvoll ist. Aber sicher ist es ein poetisches, sanftes, edles und großzügiges Gefühl.

Emma bleibt am Abend nach *Lucia di Lammermoor* mit Erlaubnis ihres Mannes in Rouen. Am nächsten Tag trifft sie sich mit Léon in der Kirche. Anfangs hat sie nur vor, ihm einen Abschiedsbrief zu übergeben. Aber als sie dies tut, läßt sie sich von seinen Worten gefangennehmen, mit denen er behauptet, sie in all den Jahren immer geliebt und auf sie gewartet zu haben.

Abermals wird die Sprache zur Kupplerin der Liebe. Emma ergibt sich weder der Stärke noch den Versprechungen. Nur wenn der andere »die richtigen Worte« zu finden weiß, wenn er mit beiden Füßen in den Zauberkreis des »Liebesroman«-Stiles eintritt, nur dann erkennt sie ihn als ihresgleichen und willigt ein.

»Nein, ich bin zu alt... Sie sind zu jung... vergessen Sie mich!« sagt sie melodramatisch. Und welche sexuelle Versuchung käme dem Vergnügen gleich, diese himmlischen literarischen Worte auszusprechen?

»Sie sah Léon zärtlich an und wehrte sanft die schüchternen Liebkosungen ab, die seine bebenden Hände versuchten.« Dies ist eine weitere eindeutig komische Szene des Buches. Flaubert nimmt seine beiden

Helden ganz und gar nicht ernst, wie sehr er sie auch mit aller Präzision einer naturalistischen Szene vor unseren Augen agieren läßt. Während er die Szene montiert, gibt er sich alle Mühe, sie gleichzeitig zu demontieren.

Und wahrscheinlich liegt in diesem Mechanismus die Größe seines Stils, der hart, realistisch und zugleich analytisch, ironisch, abstrakt, stark reflektierend und zitierend ist.

Emma weigert sich so beharrlich, daß Léon aus Rücksicht beschließt, abermals Abstand zu nehmen. Doch sein Verzicht versetzt Emma sofort in Alarm: »Sie wurde von einer unbestimmten Angst vor dieser Zaghaftigkeit ergriffen, die aus ihrer Sicht viel gefährlicher war als Rodolphes Kühnheit.«

Man glaubt einem Theatergag Plautus' beizuwohnen: Er insistiert, sie verweigert sich, er weicht aus Schüchternheit zurück, sie ist bestürzt. Aber wie kann sie ihn dazu bringen, weiter zu insistieren, ohne als schamlos dazustehen? Es geht darum, das Spiel immer wieder in Gang zu bringen. Wenn der andere sich zurückzieht, ist der Spaß zu Ende.

Aber Emma faßt es zu ihrem Unglück nicht als Spiel auf. Sie ist darauf angewiesen zu glauben, daß jede ihrer Bewegungen die präzise, vorhersehbare und großartige Handlung einer spektakulären Tragödie darstellt, die auf der Bühne des Lebens aufgeführt wird. Aus der Kluft zwischen der Absicht der beiden Protagonisten und den Tatsachen entspringt eine spöttische, grausame und unwiderstehliche Komik.

»Noch niemals war ihr ein Mann so schön erschienen. Eine vornehme Lauterkeit sprach aus seiner ganzen Haltung. Er hielt die langen, feinen, aufwärts gebogenen Wimpern gesenkt. Die zarte Haut seiner Wangen war gerötet, aus Verlangen nach ihr, wie sie glaubte, und sie vermochte der Lockung kaum zu widerstehen, sie mit ihren Lippen zu berühren.«

Sie treten zusammen aus der Kirche heraus. Léon ruft einen Kutscher. Emma ist unentschlossen und sagt, sie wisse nicht, es sei »sehr unschicklich«. Ihre sprachliche Anpassung an die Rolle ist perfekt. Im Theater würde man ihr lange applaudieren.

Diesmal macht Léon kurzen Prozeß und sagt entschlossen: »In Paris macht man's so!« »Dieses eine Wort Paris entwaffnete sie wie ein unwiderlegliches Argument«, erklärt unser Freund Flaubert in seiner üblichen spöttischen Grausamkeit. Was könnte die gespielt schamhafte kleine Provinzlerin besser überzeugen als das mythische Bild der Stadt, die das Gesetz des Benehmens und der Mode diktiert? Molière hätte es nicht besser gekonnt.

Und damit kommen wir zur berühmten Episode mit der Droschke, die die Wohlanständigen damals so über alle Maßen schockiert hat, daß sie als ein Meisterstück der Erotik in die Literaturgeschichte eingegangen ist.

Dabei wird auch diese berühmte dramatische Szene mit Sarkasmus gesehen, ohne jede lyrische Hingabe. Schon beim ersten Losfahren der Droschke – Léon hat beim Einsteigen einfach gesagt: »Fahren Sie, wohin Sie wollen.« – kann man das höhnische Gelächter des Autors hören. Die Droschke »fuhr durch die Rue Grand-

Pont, über die Place des Arts, den Quai Napoléon hinunter, über den Pont Neuf und machte vor dem Denkmal Pierre Corneilles halt.«

»Weiter!« ruft eine Stimme aus dem Innern, sobald der Kutscher Anstalten machte, die Pferde anzuhalten. Und der Fiaker nimmt seine verrückte Fahrt wieder auf. Aber der gehorsame Kutscher fährt zu viele Kurven, und da hört man aus dem Innern dieselbe Stimme rufen: »Nein, geradeaus!«

Es wird uns nicht beschrieben, was die beiden in der Kutsche machen, aber wir können es uns vorstellen. Und wir begreifen, daß die Kurven die lange Umarmung der beiden stören und jedes Stehenbleiben eine Qual ist. Wie im Zug, wenn man zu schlafen versucht und jedes Anhalten einen weckt, während das monotone Rütteln der Waggons einen in den Schlaf wiegt.

Die Droschke muß immer weiter fahren, damit sich im Innern die beiden irgendwie vereinen können, und wir verfolgen den Lauf der Dinge auf dem Gesicht des Kutschers, der immer ratloser und verdrossener wird. Nur wenn das Pferd ruhig geradeaus vor sich hin trabt, scheint es den beiden dort drinnen recht zu sein. Bei jedem Halt, bei jeder Kurve hört man eine halb erstickte Stimme befehlen: »*Marchez donc!*«

So fahren sie gut zwei Stunden, bis der Kutscher anhält, müde, verzweifelt, »ganz außer Fassung und dem Weinen nahe vor Durst und Ermüdung«.

Flauberts Kommentar: »Am Hafen machten zwischen den Rollwagen und Fässern in den Straßen und an den Ecken die Bürger große Augen und bestaunten diese in der Provinz so ungewohnte Erscheinung:

einen Wagen mit herabgelassenen Vorhängen, der immer wieder auftauchte, bald da, bald dort, verschlossen wie ein Grab und schaukelnd wie ein Schiff.«

Wenn es zwischen den beiden Lust, Wiederfinden, Freude, Besitzergreifen, Liebkosungen, Liebe und Küsse gegeben hat, so haben wir gewiß nur die unangenehmste und burleske Seite davon mitbekommen: jenen herumfahrenden Wagen, »verschlossen wie ein Grab«, bei dessen Anblick die braven Bürger von Rouen vor Staunen große Augen machen.

Auch mit Louise fand die erste Liebesausfahrt per Droschke statt. Nachdem sie sich bei dem Bildhauer Pradier, der ein Porträt von ihr machen wollte, begegnet waren – »Weißt Du, in welchen beiden Haltungen ich Dich immer wieder vor mir sehe? Im Atelier, stehend, als Modell, das Licht von der Seite, als ich Dich ansah und Du mich.« (*13. August 1846*) –, lädt Flaubert sie zu einer Kutschfahrt in den Bois de Boulogne ein, und sie ist einverstanden.

Nur daß dort auch Henriette, Louises kleine Tochter, dabei war. Und sicher können sie nicht allzu offen geflirtet haben, auch wenn Henriette passenderweise »schlief«. Flaubert erinnert sich: »Wie Henriette schlief auf den Polstern! Und das sanfte Auf und Ab der Wagenfederung, und unsere Hände, und unsere Blicke, noch mehr ineinander verschlungen als jene. Ich sah Deine Augen in der Dunkelheit strahlen. Mein Herz war matt und weich.« (*26. August 1846*)

Es gibt noch eine zweite Kutschfahrt, die sich sehr ähnlich wie die im Buch beschriebene abspielt und von Flaubert einige Jahre später bei einem berühmten

Abendessen im Hause der Brüder Goncourt lächerlich gemacht wird: »Flaubert erzählt uns, wie er während einer Rückfahrt im Fiaker mit Colet gevögelt und dabei ihr gegenüber die Rolle eines vom Leben angewiderten, düsteren und von Selbstmordgedanken geplagten Mannes gespielt habe, was ihn selber so zutiefst amüsierte und erheiterte, daß er von Zeit zu Zeit die Nase zur Tür hinausstecken mußte, um nach Herzenslust lachen zu können.« (*6. Dezember 1862*)

Aber kehren wir zu Emma zurück, die bei ihrer Heimkehr von der berühmten Droschkenfahrt, die Flaubert so außergewöhnlich beschrieben hat, feststellt, daß die Postkutsche nach Yonville bereits abgefahren ist. Was wird Charles sagen, der sie besorgt erwartet? »Schon fühlte sie jene feige Unterwürfigkeit im Herzen, die für viele Frauen die Strafe und der Preis für den Ehebruch sind.«

Seltsam dieser Gegensatz zu allem, was er uns bisher gesagt hat. War Emma nicht als hochmütig, scharf und aggressiv beurteilt worden? War es nicht gerade das, was Flaubert ihr drohend und streng zum Vorwurf machte? Und jetzt tadelt er sie, weil sie »feige und unterwürfig« geworden ist. Ein weiterer abstoßender, widersprüchlicher, unglücklicher Zug, den wir mit jenem »perfiden« Wesen verbinden sollen, das auf den Namen Emma hört?

Eines Morgens besucht Léon den Apotheker Homais und lädt ihn zu einem Gegenbesuch nach Rouen ein. Homais nimmt ihn beim Wort und taucht einige Tage später in seinem Hotel auf, als Léon gerade eine Verabredung mit Emma hat.

Homais schleppt ihn ins Restaurant und überschüttet ihn mit ordinärem Klatsch und Tratsch, »die Deutsche ist schwärmerisch, die Französin ausschweifend, die Italienerin leidenschaftlich« und so weiter.

Léon, der schüchtern ist und ihm nicht zu sagen wagt, daß er eine andere Verabredung hat, schafft es erst nach dem Essen, dem Kaffee und dem Rauchritual, sich loszumachen. Als er im Hotel ankommt, ist Emma nicht da. Über das lange Warten erbittert, ist sie abgefahren. »Sie empfand diesen Wortbruch als Beleidigung [...] er besaß nicht das Zeug zum Helden, war schwach, banal, leichter zu beeinflussen als ein Weib, dazu knickerig und kleinmütig.« Dann beruhigte sie sich und sah schließlich ein, daß sie ihm unrecht getan hatte. »Aber wenn wir einen geliebten Menschen vor uns selber herabsetzen, geht dadurch immer etwas verloren«, kommentiert Flaubert scharfsinnig. »Man darf ein Idol nicht berühren: die Vergoldung bleibt einem an den Fingern kleben.«

Ist Louise nicht das gleiche passiert bei den vielen Verabredungen, die Gustave nicht einhielt, nachdem er versprochen hatte, sie an dem und dem Tag, um die und die Zeit in Paris zu besuchen, und dann im letzten Moment eine Nachricht schickte, um ihr zu sagen, daß er nicht kommen werde oder einfach gar nicht erschien?

Und Louise staute ihren Groll an, setzte ihr Idol herab und fand das Gold an ihren Fingern kleben.

»Aus Croisset erhalte ich Ihren Brief von vorgestern. Abermals Tränen, Retourkutschen und, was das Spaßigste ist, Beleidigungen. Und das alles, weil ich nicht zu einem Rendezvous erschienen bin, das ich nicht versprochen hatte. Sie werden mir sagen, es sei stillschweigend zwischen uns ausgemacht gewesen, daß ich kommen sollte. Aber wenn ich verhindert war, wenn es Gründe gab, von denen Sie nichts wissen konnten [...] Das ist egal, nicht wahr? Sie machen sich recht wenig Gedanken um alles, was mir begegnet.« (*6. August 1847*)

Diesen Wechsel vom Du zum Sie nach fast einjähriger Dauer der Liebesbeziehung muß man erst einmal begreifen. Auch weil Flaubert im nächsten Brief wieder zum Du zurückkehrt. Wollte er sich von Louise distanzieren? Oder befürchtete er einen heimlichen Blick seiner Mutter? Vieles hatte mit ihr zu tun. Seine

Furcht, ihre Eifersucht zu erregen, mußte sehr groß sein, wenn der junge Gustave Louise nötigte, ihre Briefe an Maxime Du Camp zu schicken, der sie dann in einem anderen Kuvert nach Croisset adressierte, so daß sie wie Briefe des Freundes aussahen.

»Sie sagen mir, ich käme noch dahin, Sie zu hassen«, schreibt Louise in einem der wenigen Briefe, die von ihr erhalten sind, »Sie kennen mich ziemlich schlecht; ich habe Haß nie verstanden, und ich glaube nicht, daß, welche Wandlungen Sie auch immer in mir voraussetzen, es Ihnen je gelingen wird, mich ein Gefühl empfinden zu lassen, das meine ganze Natur ablehnt.« (*9. November 1847*)

Tatsächlich ist Louises Liebe zu Gustave hartnäckig und ausdauernd trotz der Entfernung, trotz seiner Unhöflichkeiten, seiner mangelnden Liebe, der seltenen sexuellen Begegnungen und seiner Äußerungen von Überdruß und Widerwillen. »Oh, was für ein Glück, Gustave wiederzuhaben«, schreibt sie nach der Versöhnung von 1851 in ihr Tagebuch. »Wie unzulänglich sein Liebesgefühl auch sein mag, ich werde mich daran halten. Ich liebe ihn mehr als irgend jemanden sonst, und er, er schätzt mich; und schließlich tun sie weh, all diese zerbrochenen Liebschaften, und sind demütigend.«

Auch Emma hat eine außerordentliche Fähigkeit, dem Geliebten, der sie »vernachlässigt«, zu verzeihen, und kehrt »noch heißer, noch gieriger« zu Léon zurück.

Emma hat sich mittlerweile an den Ehebruch gewöhnt. Sie trägt nicht mehr die Regungen falscher

Scham und gespielter Verweigerung zur Schau, die sie früher für das Benehmen einer »wirklichen Dame« für unverzichtbar erachtete. Wenn sie ins Hotelzimmer kommt, zieht sie sich entschlossen aus und stürzt sich mit theatralischer Gier nackt, wie sie ist, auf Léons Körper.

Auch Louise liebt gierig und leidenschaftlich. Und Flaubert ist offensichtlich darüber erschrocken: »Liebe mich nicht so sehr«, hat er ihr gleich zu Beginn ihrer Beziehung geschrieben, »laß mich allein Dich lieben. – Weißt Du denn nicht, daß es beiden Unglück bringt, zu sehr zu lieben. Das ist wie mit den Kindern, die man zu sehr liebkost hat, als sie noch klein waren. Sie sterben jung. Das Leben ist nicht dafür geschaffen. Das Glück ist eine Ungeheuerlichkeit! Bestraft wird, wer es sucht.« (*8./9. August 1846*)

»Gestern habe ich meine Tochter zu Doktor Toirac gebracht«, schreibt Louise in ihrem Tagebuch, »[...] Er hat mir von Gustave erzählt. Er wird in den Orient abreisen, vielleicht in wenigen Tagen!... Er wird abreisen, ohne mich zu besuchen, ohne mir zu schreiben! Unerklärliches Herz! meines würde am liebsten aufhören zu schlagen und zu fühlen! Das ist zuviel Schmerz!« (*28. September 1849*)

»Du wirst glauben, ich sei egoistisch, ich hätte Angst vor Dir«, schreibt Flaubert an sie. »Nun ja, Deine Liebe erschreckt mich zutiefst, weil ich spüre, daß sie uns alle beide verschlingt, Dich vor allem. Du bist wie Ugolin in seinem Gefängnis, Du verzehrst Dein eigenes Fleisch, um Deinen Hunger zu stillen.« (*9. August 1846*)

Jahre später schreibt er ihr: »Ich fürchte, dich zu verletzen, arme liebe Louise (aber unser System, nichts voreinander zu verbergen, ist richtig), nun ja – schick mir kein photographisches Porträt von Dir. Ich verabscheue die Photographie in dem Maße, wie ich die Originale liebe. [...] Ach, wie bin ich alt, wie bin ich alt, arme liebe Louise!« (*14. August 1853*)

Und wieder: »Ich liebe Dich so sehr, wenn ich sehe, daß du ruhig bist, und weiß, daß Du gut arbeitest. Ich liebe dich vielleicht noch mehr, wenn ich weiß, daß Du leidest. Und dann schreibst du mir so herrlich feurige Briefe. Doch, arme liebe Seele, schone Dich. Versuche, Dein ›südländisches Temperament‹, wie Du es bei Ferrat nennst, zu zügeln.« (*28. Juni 1853*)

»Deine Stimme ist nun von Schluchzen erfüllt, und ich höre nur noch Deine Schmerzensschreie, die mich anklagen. Deine arme Seele ist wie ein verletzter Krieger. Von welcher Seite man sie auch auffangen möchte, man rührt an eine Wunde und läßt Dich leiden.« (*25. Oktober 1846*)

»In [Emmas] irren Augen«, schreibt Flaubert, »in der Umschlingung dieser Arme lag etwas Verzweifeltes, Unerklärliches, Unheimliches, was sich, wie Léon fühlte, zwischen sie geschlichen hatte, um sie zu trennen.«

»Er wußte es sich nicht anders zu deuten, als daß sie alle Prüfungen der Lust und des Leides schon einmal an sich erfahren haben müsse. Was ihn zuvor entzückt hatte, das flößte ihm jetzt ein leises Grauen ein.« Er fühlt sich von ihr ergriffen, vereinnahmt, als wolle sie ihn verschlingen.

»Er grollte ihr ob ihrer immer neuen Siege«, schreibt Flaubert über Léon und scheint damit von sich selber zu sprechen. »Oft zwang er sich, kalt zu bleiben, aber wenn er dann nur ihre Schritte hörte, ward er doch wieder schwach wie ein Trinker beim Anblick von Absinth.«

Freilich läßt Emma es an Aufmerksamkeiten aller Art nicht fehlen. »Sie brachte aus Yonville Rosen mit, die sie an der Brust trug und ihm ins Gesicht warf. Sie sorgte sich um seine Gesundheit und gab ihm gute Ratschläge, wie er leben solle. Sie hängte ihm sogar, um ihn noch mehr an sich zu fesseln, in der Hoffnung, daß der Himmel vielleicht das Seine dazutun würde, ein Amulett mit einem Marienbild um den Hals.«

Diese Geschenkmanie hatte auch Louise, die Gustave immer wieder etwas Neues präsentierte: Blumen, bestickte Kissen, Briefbeschwerer, Bonbons. Gustave machte ihr Vorwürfe. Er spürte, daß diese Geschenke ihn zu Dankbarkeit verpflichten sollten. Es waren Opfergaben an einen erzürnten Gott, um sein Wohlwollen zu erflehen.

Aber Louise kannte den Anflug von Fetischismus, dem Flaubert sich gern überließ. Hatte er nicht von ihren ersten Begegnungen an einige geheime Schätze aufbewahrt und verborgen? Darunter die braunen Pantöffelchen, das blutbefleckte Taschentuch, die Haarlocke in dem Porträt, das Täschchen mit den Briefen, »deren Moschusduft ich einatme«, ganz abgesehen von dem berühmten »Zigarettenetui mit der Inschrift ›Amor nel cor‹«?

Flaubert liebte es, sich mit Erinnerungen zu umgeben, »so wie ich auch meine alten Anzüge nicht verkaufe. Ab und zu gehe ich auf den Dachboden, wo sie sind, um sie mir wieder anzuschauen, und ich träume von den Zeiten, als sie noch neu waren und von allem, was ich getan habe, als ich sie trug.« (*8./9. August 1846*)

Wie Louise umgibt auch Emma ihren Geliebten gern mit Erinnerungsgeschenken in der Hoffnung, daß sie zu Fetischobjekten werden. Ihre Geschenke sind außerdem ein Beweis der Glückseligkeit. Jener Glückseligkeit, die sie keineswegs empfindet. »Ich liebe ihn doch«, denkt Emma, aber das genügt ihr nicht. »Woher kam es nur«, fragt sich Flaubert, »daß alles so unzulänglich war in ihrem Leben und alles, woran sie sich halten wollte, immer gleich zu Moder zerfiel?«

Fast die gleichen Worte, die wir in einem seiner ersten Briefe an Louise finden: »Wir sind in unserem Leben nichts als eine Reihe von wechselnden und einer den anderen überwuchernden Zersetzungs- und Fäulnisprozessen.« (*13. Dezember 1846*)

»Es war doch alles nur Lug und Trug!« denkt Emma. »Jedes Lächeln verbarg ein Gähnen der Langeweile, jede Freude einen Fluch, jeder Genuß den Ekel, und die heißesten Küsse machten die Lippen nur unheilbar durstig nach einer höheren Wollust.«

Alles Gedanken, die wir in den ehrlichsten Briefen von Gustave an Louise wiederfinden und die zum wiederkehrenden Motiv von Flauberts *taedium vitae* gehören. »Alles was mit Leben zu tun hat, stößt mich ab, alles was mich verführt und wieder hineinstürzt, flößt mir Entsetzen ein [...] Ich habe in mir, in meinem tiefsten Innern ein radikales Angewidertsein, das mich an jedem Genuß hindert und mir die Seele erfüllt, daß sie daran eingehen könnte. Bei jeder Gelegenheit taucht es wieder auf, wie die aufgedunsenen Kadaver von Hunden, die trotz der Steine, die man ihnen am Hals befestigt hat, um sie zu ertränken, wieder an die Wasseroberfläche kommen.« (*20. Dezember 1846*)

»Das ist zum Erbarmen, aber so bin ich schon immer gewesen. Ich sehne mich unablässig nach dem, was ich nicht habe, und wenn ich es besitze, kann ich mich nicht daran freuen, ebenso wie ich vor zukünftigem Unheil zittere und bange.« (*7. Dezember 1846*)

»Ich bin vergrämt auf die Welt gekommen, das ist die Lepra, die mich zerfrißt. Ich gräme mich über das Leben, über mich, über die anderen, über alles.« (*2. Dezember 1846*)

Diesmal ist Emma wie Gustave. Trotz der Liebe und vielleicht wegen der zu heftigen, zu aufwühlenden Liebe empfindet sie den süßlichen Geschmack des Todes auf der Zunge und fragt sich andauernd: »Warum bin ich nur so, wie ich bin?«

Emma Bovary ist in Geldnöten. Doch statt durch eine Verminderung der Ausgaben Vorsorge zu treffen, stürzt sie sich in immer höhere und ungerechtfertigte Unkosten und verschuldet sich bei dem allgegenwärtigen Monsieur Lheureux, der sie weiter Wechsel auf Wechsel unterzeichnen läßt. Das Geld gibt sie für Reisen nach Rouen, Hotels für ihre Stelldicheins, Geschenke, Blumen und Restaurants aus.

Man meint Louise zu sehen, die ebenfalls ständig Geldsorgen hat. Ihr Stolz verbietet ihr, den alten Philosophen Cousin zu bitten, dessen Geliebte sie jahrelang gewesen ist und den sie, ohne ganz sicher zu sein, für den Vater ihrer Tochter hält. Aber sie ist auch absolut außerstande, ihren neuen Liebhaber Gustave Flaubert um Hilfe anzugehen. Er scheint übrigens ihre Zwangslagen nicht zu bemerken und bietet ihr auch in den dramatischsten Augenblicken keine Unterstützung an. »Gustave ist lieb, großzügig«, schreibt Louise, »oder vielmehr verschwenderisch, doch er macht sich keine

Gedanken um die Demütigungen, die die Frau quälen, die er mit Leidenschaft in seine Arme geschlossen hat. Ich habe noch zehn Francs für dieses Quartal.«

»Mit Gustaves Zuneigung habe ich die innere Ruhe wiedergefunden; sie ist nicht alles, aber sie hält mich aufrecht; sie läßt mich arbeiten, und wenn die Arbeit mir in bezug auf meine Tochter den Philosophen gänzlich vom Halse schafft, bin ich fast zufrieden.«

Louises Versuch, mit der Literatur Geld zu verdienen, was selbst professionellen Schriftstellern, die jedes halbe Jahr einen Roman lieferten, nur mit Mühe gelang, ist rührend. Tatsächlich muß sie sich mit dem Schreiben langweiliger Zeitungsberichte über das gesellschaftliche Leben und sehr schlecht bezahlten Übersetzungen begnügen. Ihr Bedürfnis nach Unabhängigkeit verbindet sich wie bei Emma vor allem mit der Welt der Träume. Real sind jedoch die Armut, einige Schulden und die Abhängigkeit – die Groll auslöst, weil sie Ohnmacht bewirkt – von den Männern, die sie sich als Liebhaber sucht.

Als sie nicht mehr aus noch ein weiß, entschließt sich Louise am Ende, Gustave zu bitten, ihr etwas zu leihen. Er schießt ihr fünfhundert Francs vor, die sie ihm übrigens bald zurückzahlt, wenn auch in Raten.

»Um die Geldangelegenheiten kümmerte sie sich so wenig wie eine Erzherzogin«, schreibt Flaubert über seine Heldin.

Inzwischen droht Lheureux, sich ans Gericht zu wenden, um seine Kredite wiederzubekommen. Emma fleht ihn an, es nicht zu tun, und er drängt sie, weitere Wechsel zu unterschreiben.

Auf die beharrliche Forderung des Händlers hin bittet Emma ihren Mann um Geld. Aber er ist blank und wendet sich an seine Mutter, die ihm schreibt, sie habe nichts mehr, denn sie habe ihm sein ganzes Erbe bereits im voraus gegeben.

Emma fängt an, Gegenstände zu verkaufen und »feilschte dabei mit einer Habgier, in der ihr Bauernblut zum Vorschein kam«. Diese »Habgier« ist wirklich eine überflüssige Beschimpfung. Hatte er nicht kurz vorher gesagt, sie sei unfähig wie eine Erzherzogin, sich um Geld zu kümmern? Wie verträgt sich die Habgier mit der verschwenderischen Haltung einer Erzherzogin?

Sie fängt an, sich von ihrem Dienstmädchen und von der Zimmerwirtin Geld zu leihen. Aber sie gibt es für Geschenke aus, deshalb kann man sie sich kaum als geizig vorstellen.

Manchmal zwingt sie sich sogar, sich an den Tisch zu setzen und zu rechnen, aber, schreibt Flaubert, »sie kam dabei zu so unerhörten Ergebnissen, daß sie es nicht glauben konnte. Sie fing noch mal von vorn an, verhedderte sich bald, warf alles hin und dachte nicht mehr daran.«

Im Hause Bovary geht es jetzt traurig zu: Man sieht Lieferanten mit besorgten, verärgerten Gesichtern herauskommen. Und die kleine Berthe läuft »in zerrissenen Strümpfen herum«.

Wenn Charles gelegentlich eine schüchterne Bemerkung wagt, fährt Emma ihn heftig an, es sei nicht ihre Schuld und er solle sie in Ruhe lassen. Charles, der als einziger eine vollkommen uneigennützige Großzügigkeit an den Tag legt, sorgt sich in erster Linie um sie und dann um das Kind, jene Berthe mit den zerrissenen Strümpfen. Wenn sie nach der Mutter verlangt, antwortet er sanft: »Ruf das Mädchen! Du weißt doch, die Mama will nicht gestört werden!«

Was macht denn diese Mama, die nicht gestört werden will? Sie bleibt in ihrem Schlafzimmer, kaum bekleidet, benommen »von den Haremsräucherkerzen, die sie in Rouen im Laden eines Algeriers gekauft hat«.

Die algerischen Läden, die Räucherkerzen, die Gürtel und Seidenschärpen sind auch Flauberts Leidenschaft und gehören zu seinem Bedürfnis nach Exotik, das er selber für tadelnswert und lächerlich hält.

Um ihren Mann nicht im Bett neben sich zu haben, hat Emma es durchgesetzt, ihn »mit allen erdenklichen Ausflüchten« ins obere Stockwerk zu verbannen, und liest nun bis zum Morgen.

Wir fragen uns, was Emma wohl zu diesem Zeitpunkt ihres Lebens liest. Immer noch die gleichen sentimentalen Bücher und Abenteuerromane? Nein, ihre Bücher, sagt uns Flaubert, sind »überspannte« Romane, in denen »wollüstige und blutrünstige Szenen« vorkommen. »Manchmal geriet sie plötzlich in Angstzustände dabei und schrie laut auf.« Charles eilt herbei, und sie sagt barsch: »Ach, geh nur!«

»Manchmal wieder riß sie, gebrannt von heimlicher Glut, die der Ehebruch anfachte, schwer atmend, erregt, voller Begierde, das Fenster auf, sog die kühle Nachtluft ein, ließ sich den Wind durch die zu schwere Haarflut wehen und wünschte sich, zu den Sternen aufblickend, die Liebe eines Prinzen.«

Unheilbar, unsere Emma. Immer noch, nach allem, was ihr widerfahren ist, wünscht sie sich »die Liebe eines Prinzen«. Als wäre sie noch nicht genug gegen die Ecken und Kanten der Wirklichkeit gestoßen, als hätte sie den Wein der heimlichen Liebschaften noch nicht »bis zur bitteren Neige« getrunken.

Als sie eines Tages das Hotel nicht mehr bezahlen kann, vertraut sie Léon sechs vergoldete Teelöffel an, das Hochzeitsgeschenk ihres Vaters, und bittet ihn, sie im Leihhaus zu versetzen. Léon gehorcht, wenn es ihm auch peinlich ist, aber er »fand, daß das Verhalten seiner Geliebten doch recht sonderbar werde und daß diejenigen, die ihn von ihr fernhalten wollten, vielleicht nicht so unrecht hätten.«

Tatsächlich hat Léons Mutter einen anonymen Brief erhalten, in dem ihr mitgeteilt wird, »ihr Sohn ruiniere sich mit einer verheirateten Frau«. »Die gute alte Dame witterte sogleich das unheimliche, verderbenbringende Geschöpf, die Sirene, das Ungeheuer, das in den dunklen Abgründen der Liebe undeutlich sein Wesen treibt«, und schreibt an Léons Arbeitgeber. Dieser läßt seinen Angestellten rufen und bittet ihn, ein derart gefährliches Verhältnis abzubrechen. Léon verspricht schließlich, sie nicht mehr zu sehen. Doch in Wirklichkeit trifft er sich weiter heimlich mit ihr unter großen Schuldgefühlen.

Freundlicher und sensibler als Rodolphe, stellt Léon dennoch die gleichen Überlegungen an: In Kürze soll er »zum ersten Kanzlisten« aufrücken, da ist es nicht angebracht, sich mit unpassenden Liebesaffären abzugeben. »Jeder Spießer«, kommentiert Flaubert, »hat sich ja einmal im Feuer seiner Jugend, wenn auch nur für einen Tag, wenn auch nur für eine Minute, grenzenloser Leidenschaft und himmelstürmender Taten fähig geglaubt.«

Wir wissen aus seinen Briefen, wie Flaubert über die Spießer denkt. Er betreibt eine beharrliche, wütende Polemik. »Ah! Mit diesem Fossil kenne ich mich langsam aus (dem Bourgeois)! Was für halbe Charaktere, welch halbe Willenskraft, welch halbe Leidenschaft. Wie schwankend, unsicher, schwach alles ist in diesen Hirnen! O ihr Praktiker, ihr Tatmenschen, ihr Vernunftmenschen, wie unfähig, verschlafen, borniert ich euch finde!« (*16. August 1853*)

Eine Spießerin zu sein, das war vielleicht der einzige Vorwurf, den er Louise nicht machte, und vielleicht liebte er sie deshalb, wenn er sie liebte.

Im Roman wird Emma unterdessen immer überspannter. Mitten in der Liebe bricht sie in Schluchzen oder unerwartetes, finsteres Gelächter aus, führt Selbstgespräche, greift ihren Léon an, macht ihm Vorwürfe und quält ihn.

»Und wie es Leute gibt, die nur ein gewisses Maß von Musik vertragen, so hatte er kein Gefühl mehr für das Ungestüm einer Liebe, deren Feinheiten er nicht mehr empfand«, sagt Flaubert über Léon.

Nicht, daß Emma sich des Überdrusses in ihrer Liebe nicht zumindest ein wenig bewußt wäre, sie »fand im Ehebruch alle Schalheiten der Ehe wieder«.

Wie Rodolphe plagt sich auch Léon mit der Frage herum, wie er sich ihrer entledigen könne, ohne eine allzu schlechte Figur zu machen, ohne daß sie zu sehr leidet, ohne seinen Ruf als Ehrenmann zu beflecken und ohne ihre unbesonnene Wut zu erregen.

Kühle, Fernbleiben oder ein paar böse Worte reichen nicht aus. Emma schreit und tobt, klagt ihre Rechte als Geliebte ein, und es ist nahezu unmöglich, ihr zu entfliehen.

Die gleichen Sorgen ängstigten den jungen Flaubert: Wie sollte er Louise loswerden, ohne stürmische Wutanfälle zu erregen, die ihn zu überwältigen drohten? Wie sollte er sich von ihr entfernen, ohne daß sie in ganz Paris herumerzählte, was für ein Rohling er sei, oder ohne sie tödlich zu verletzen, was ihm jahrelang Gewissensbisse bereitet hätte?

»Du liebst mich noch immer. Danke für soviel Liebe«, schreibt er in einem Brief vom 15. Januar 1847, nachdem sie sich erst ein Jahr kennen. »Das reicht aus, um ein gieriges Herz überglücklich zu machen. Es gibt Schätze, vor denen man sich melancholisch niederläßt, mit dem Gedanken, daß sie nicht für einen geschaffen sind.«

»Ich hätte Dich gern geliebt, wie Du mich liebtest, ich habe mich vergeblich gegen das Verhängnis meiner Natur zur Wehr gesetzt, nichts, nichts [...] Wo ich Ruhe und Frieden über alles liebe, habe ich in Dir nichts als Aufregung, Gewitter, Tränen oder Wut gefunden. Einmal hast Du mit mir geschmollt, weil ich einem Kutscher befohlen hatte, Dich nach Hause zu bringen, was hast Du nicht für ein Gesicht gezogen bei dem Diner mit Maxime, was für eine Breitseite habe ich an der Bahn ausgehalten, weil ich ein Rendezvous versäumt hatte [...] Aber ich werfe Dir nichts vor, es lag ebensowenig in Deiner Macht, all das zu lassen, wie in meiner, nicht darunter zu leiden [...] gefühlsmäßig und intellektuell. Die Szenen, die du bei Du Camp und im Hotel gemacht hast, wohin Du Dich noch zweimal hast zurückfahren lassen, haben auch nicht verfehlt, mir ein ziemlich lächerliches Aussehen zu verleihen. Ich habe die Schwäche, das Schickliche zu lieben [...] Oh, warum, noch einmal warum nur hast Du mich kennengelernt? Für welche Schuld, arme Frau, ist das die Buße? Du hättest Besseres verdient als das.« (*7. März 1847*)

Es klingt seltsam, Flaubert vom »Schicklichen« reden zu hören. Aber zu diesem Zeitpunkt ist jede Ausrede recht, um Louises Leidenschaft einzudämmen. Und er vermischt Zärtlichkeit mit offener Aufrichtigkeit: »Deine Vorstellungen von Moral, Vaterland, Hingebung, Deine Neigungen in der Literatur, all das war unvereinbar mit meinen Vorstellungen, meinen Neigungen [...] Du hast aus einem Stein Blut zapfen wollen. Du hast den Stein schartig gemacht und blutige Finger bekommen.« (*7. März 1847*)

Auch Emma Bovary stellt trotz der ständigen Vorwürfe und Liebesaggressionen gegen Léon fest, daß zwischen ihnen keine Liebe mehr besteht. »So sehr sie sich auch durch die Niedrigkeit eines solchen Glücks herabgezogen fühlte, hielt sie doch aus Gewohnheit oder Verderbtheit daran fest.«

Die Vorstellung von Emmas »Verderbtheit« kehrt beharrlich immer wieder, je mehr wir uns dem Ende nähern, als solle der Leser auf die brutale Bestrafung vorbereitet werden, die über sie verhängt wird.

Die Grausamkeit der Strafe könnte nicht akzeptiert werden, wenn Emma nicht auf dem Grund dessen angelangt wäre, was Flaubert »ihre Verkommenheit« nennt. Und mit diesem Wort meint er nicht nur den Ehebruch, sondern ihre immer selbstgefälligere, immer arrogantere Entdeckung von Lust und Freiheit.

Und genau daraus entsteht die Zweideutigkeit gegenüber den Lesern, vielmehr den Leserinnen. Trotz der Schändlichkeit ihres Charakters und ihrer stupiden Lektüren verfolgt Emma Bovary einen eigenen, hartnäckigen Traum von Freiheit, die, wie sie dunkel ahnt, vor allem im sexuellen Ungehorsam besteht.

Es ist, als wüßte Emma im Grunde ihres wütenden Herzens, daß der heikle Punkt in dem Begehren liegt, das im weiblichen Körper lebendig ist. Ein Begehren, das sich, wie verzerrt, krankhaft, deformiert, unvollständig und verschleiert auch immer, durch seine bloße Existenz der Kontrolle einer Kultur entzieht, die Anspruch auf Kontrolle von Fortpflanzung und sexueller Lust erhebt. Deshalb trägt Emma in gewisser Weise den Keim der Revolte in sich.

Seltsam das Schicksal Flauberts, der, obwohl er jede Literatur zur Verteidigung der Beleidigten, Unglücklichen oder Schutzlosen verabscheut, plötzlich (gegen seinen Willen und unter tausend Widerständen) zum Wortführer einer Urform des weiblichen Freiheitsverlangens wird. Der dunkle Antrieb des Ehebruchs, scheint uns Emma Bovary zu sagen, speist sich aus einer primitiven, grobschlächtigen Politik der sexuellen Befreiung der Frau in einer Welt, die ihre ausgemachte Unterwerfung vorschreibt.

Die Romanperson Emma ist die ganze Erzählung hindurch dunkel bestrebt, ihre Gründe geltend zu machen, die der Autor Flaubert systematisch verurteilt, beiseite schiebt und verspottet. Aber mit ihrer pathetischen, dickköpfigen Kraft sickert Emmas Revolte am Ende unter den Bergen von Spott und Hohn, mit denen sie begraben wird, sozusagen ungewollt hervor. Daher rührt meines Erachtens die Popularität des Buches bei der Welt der Leserinnen im vergangenen wie im gegenwärtigen Jahrhundert und die lebhafte Sympathie, die Emma trotz allem hervorruft.

Inzwischen hat Emma gelernt, sich »lasterhaft« zu verdoppeln. Während sie Léon weiter jeden Tag einen Brief schreibt, denkt sie an etwas anderes und hängt alten und neuen Phantasmen nach.

Diese Phantasmen werden »ihr mit der Zeit so wirklich und leibhaftig, daß sie vor Entzücken bebte«. Es sind flüchtige, diffuse, verlockende Idealgebilde, die »irgendwo in blauer Ferne [wohnen], wo seidene Strickleitern an marmornen Balkonen schaukeln, unter Blumendüften und Mondenschein«.

Diese Stelle ist eine Anspielung auf eine merkwürdige kleine Geschichte in der Beziehung zwischen Gustave und Louise, und bestimmt war Louise nicht erfreut, die Idee, wenn auch in modifizierter Form, in seinem Roman wiederzufinden.

Die Fakten beziehungsweise das, was vorausging: Louis Bouilhet schickt Louise ein ihr gewidmetes Gedicht, in dem er »ihre weißen Arme und ihr goldenes Haar« rühmt. Begeistert schickt Louise das Gedicht an

Gustave. Gleichzeitig schickt sie eine Abschrift zur Veröffentlichung an die Zeitschrift »L'Artiste«.

Flaubert ist außer sich, nachdem er es gelesen hat, und schreibt einen wütenden, flehenden Brief an die schöne Louise: »Veröffentliche das Gedicht, das er Dir gewidmet hat, nicht. Hier meine Gründe. Es würde Euch beide lächerlich machen. Die kleinen Zeitungen, die nichts zu tun haben, würden nicht versäumen, über die ›flammenden Blicke‹ herzuziehen, die ›weißen Arme‹, das ›Genie‹ etc.... und die ›Königin‹! vor allem. ›Rühren Sie die Königin nicht an‹ wird eine stehende Rede werden [...] Wenn sie wenigstens gut wären, diese Verse, aber das Stück als solches ist eben ziemlich mäßig (ich kannte es und habe deshalb gar nicht mit Dir darüber gesprochen). Du selbst hast Dich über die Verbindung von Physischem und Moralischem entrüstet, die ich hier überspitzt finde und sogar ungeschickt [...] Und was Dich angeht, so würde es Dir, außer der kleinen momentanen Gloriole, es gedruckt zu sehen, vielleicht ernstlich schaden [...] Wir haben vereinbart, daß er noch einmal ein seriöseres für Dich schreiben wird, eins, das besser zu veröffentlichen wäre [...] ich beschwöre Dich, nachzudenken, und mehr noch, ich flehe Dich an, meinem Rat zu folgen.« (*1. September 1852*)

Louise interveniert eiligst bei »L'Artiste«, damit das Gedicht von Louis Bouilhet über sie nicht publiziert wird. Zum Glück schafft sie es noch rechtzeitig, und das Gedicht wird nicht gedruckt: wie Flaubert es will.

Die Beziehung zwischen Louise, Gustave und Louis erlebt seltsame Höhen und Tiefen. Gustave versucht, seinem Wesen entsprechend, seine Lieben zusammenzubringen. Auch Maxime Du Camp wird in der ersten Phase der Beziehung mit Louise einbezogen, kooptiert gewissermaßen, sogar gegen seinen Willen, und aufgefordert, den Vermittler, Begleiter und seelisches Ruhekissen zu spielen.

Auf weitere Sicht jedoch, könnte man sagen, ist Louis Bouilhet insgesamt freundlicher gewesen, während Maxime Du Camp regelrecht Gefallen an der Grausamkeit gegenüber Louise fand. Irgendwie sind alle seine Briefe von einem starrsinnigen, zynischen Willen zum Verletzen durchzogen.

»Sagen Sie mir nicht, ich sei kalt und hart, ich bin vor allem aufrichtig: lieber verletze ich Sie, als daß ich Sie täusche, und von Ihrem gegenwärtigen Verhalten hängt vielleicht Ihr künftiges Glück ab [...] Erwarten Sie ihn frühestens in vierzehn Tagen [...] Adieu, gute, arme Schwester, bleiben Sie ruhig, haben Sie Mut und Geduld und vor allem, arbeiten Sie; Ihre letzte Äußerung ist leider wahr: Sie lieben ihn zu sehr.« (*18. Dezember 1846*)

»Ihr erster Brief, den Gustave mir gezeigt hat, war würdevoll, ruhig, und Sie hätten sich daran halten sollen« [...] »Seien Sie mutig und hören Sie: 1) er empfindet Zuneigung für Sie: lebhafte Freundschaft, aber das ist alles, glaube ich; 2) er ist zu großen Opfern für Sie imstande, doch niemals wird er bereit sein, sich von seinen Beschäftigungen abhalten zu lassen, auch nicht eine Stunde lang; 3) er war, glaube ich, tief verletzt wegen Ihrer übertriebenen Lobeshymnen über *Novembre*: nicht, weil er geglaubt hätte, Sie wollten sich lustig machen, sondern weil er *René* zutiefst bewundert und seinem eigenen Werk zu Recht einen sehr viel geringeren Wert beimißt als jenem größten Meisterwerk des menschlichen Geistes; 4) er hat wiederholt, daß er nur nach Paris kommt, um den Salon zu besuchen, zwei Tage bleibt und dann wieder abreist. Und schließlich möchte ich Ihnen sagen, daß das einzige Mittel, ihn ein wenig zu halten, darin besteht, Freundschaft und Kameradschaft zu pflegen, wie Sie es gemeinsam vereinbart haben: das ist nach seinem Geschmack, entspricht seinen Gewohnheiten, während andere Gefühle ihm eher fernliegen.« (*3. Januar 1847*)

»Ich hatte die Absicht, Ihnen folgendes zu schreiben, meine liebe Schwester: 1) daß Gustave ständig kam und bei mir wohnte; 2) daß ich, wenn ich mir noch einmal einen Rat erlauben darf, Ihnen raten würde, ihn nicht mehr zu sehen: das wäre das beste Mittel, Ihr verletztes Herz schnell zu heilen, vorausgesetzt, daß Sie es heilen wollen; 3) daß es, wenn Sie Gustave eine Zeitlang um sich haben wollen, gut wäre, ihm keine Vorwürfe zu machen und in seiner Gegenwart nicht zu weinen: er ist in dieser Hinsicht wie alle Männer, er mag keine Vorwürfe und verabscheut Tränen; er will vor allem unterhalten werden, und es ist das sicherste Mittel, ihn zu behalten, wenn Sie ihm nicht ihre Traurigkeit zeigen.« (*16. Februar 1847*)

»Sie beschuldigen mich abermals, ich hätte Sie verletzt, und ich weiß nicht, warum: ich glaubte, Ihnen in Ihrem Interesse zwei oder drei Ratschläge zu geben [...] Sie halten mich für unehrlich und verlogen (vielleicht ist Gustave schon bei Ihnen, sagen Sie); später einmal, arme Schwester, werden Sie erkennen, daß ich immer recht hatte und daß Sie, wenn Sie meinen Rat befolgt hätten, heute nicht so leiden würden, wie Sie es tun.« (*16. Februar 1847*)

»Ich habe keinerlei Anweisung gegeben, Ihnen die Tür zu weisen [...] ich wußte gar nicht, daß Sie kommen würden; hätte ich gewußt, daß Sie die Absicht hatten vorbeizukommen, hätte ich vielmehr die Concierge ausdrücklich gebeten, Sie heraufzulassen, was übrigens eine nützliche Umsichtigkeit gewesen wäre, da noch nie eine Frau einen Fuß in meine Wohnung gesetzt hat [...] Hier das Resümee von Gustaves Leben in Paris: er kam Mittwoch abend an; Donnerstag waren wir den ganzen Tag in Geldangelegenheiten unterwegs, Angelegenheiten, die so wichtig waren, daß ich alles stehen und liegen ließ, um ihm behilflich zu sein; Freitag kam er morgens um 9 Uhr zehn Minuten vorbei, um mir von dem Tod des armen Felix zu berichten [...] Sie trafen ihn abends gegen sechs; danach ging er zu der Mutter von D'Arcet, war gegen elf Uhr wieder bei mir, und zehn Minuten nach seinem Eintreffen bekam er einen Anfall auf meinem Bett: ich werfe es Ihnen nicht vor, meine arme Schwester, aber der Anfall, davon bin ich leider überzeugt, war einzig und allein durch das verursacht, was sich zwischen Ihnen beiden zugetragen hat; um drei Uhr morgens brachte ich ihn in sein Hotel zurück; Samstag habe ich mich den ganzen Tag um ihn gekümmert und auf ihn aufgepaßt, und ich muß gestehen, daß er Sie nicht besuchen wollte [...] Er ist abgereist, weil er fürchtete, heute, am Sonntag, einen erneuten Anfall zu bekommen; was ihn bei

Ihrer Begegnung am Freitag über alle Maßen erzürnt hat, war Ihre Behauptung, er habe gelogen. Das ist für ihn eine unverzeihliche Beschuldigung, er war in seinem Stolz und in seinem Herzen durch diesen Verdacht tödlich und in nicht wiedergutzumachender Weise getroffen: wie konnten Sie ihn der Lüge bezichtigen, ihn, der Ihnen gegenüber von einer manchmal sogar brutalen Offenheit war? [...] Außerdem ist Gustave ein Mann der plastischen Formen, und Sie zeigen ihm nur Ihr tränenentstelltes Gesicht; er liebt Harmonie über alles, und jedesmal, wenn Sie ihn treffen, verzerrt sich Ihre Schönheit zu den Grimassen des Weinens, und Ihr Geist, Ihr Herz haben nichts als Vorwürfe für ihn übrig, manchmal auch noch zu Unrecht [...] Ich will nicht triumphieren, aber ich hatte es Ihnen gesagt [...] jetzt ist es zu spät, und ich weiß nicht, was ich sagen und was ich tun soll, um das, was Sie sich unwiderruflich gegenseitig angetan haben, ein wenig zu mildern. Gustave mag keine Gefühle, er ist es leid, er hat es satt, wie er sagt: er hat selbst zu grausam gelitten, ohne zu klagen, um Mitgefühl mit dem Leid anderer zu haben. Er ist einer jener eiskalt unflexiblen Männer, die niemals eine einmal getroffene Entscheidung wieder rückgängig machen, und es ist Ihr großes Pech, daß Sie ihn bei Phidias kennengelernt haben. Er ist abgereist, tiefbetrübt, verzweifelt, krank und voll von dumpfer, geballter Wut, die mir angst gemacht hat: so hatte ich ihn noch nie gesehen; er ist jetzt innerlich voller Gewitter, man muß sie abklingen lassen. Sie können sich nur von weitem sehen, wenn ich das sagen darf [...] Sehen Sie ihn ein Jahr lang nicht, schreiben Sie ihm nur selten [...] Wenn Sie auf mich gehört hätten, hätte ich Sie zu einer dauerhaften Verbindung mit ihm geführt [...] Aber Sie wollten unbedingt seine Liebe im Treibhaus zur Reife bringen: solche Temperaturen hat die arme Pflanze nicht ertragen und ist nun daran zugrunde gegangen.« (*21. Februar 1847*)

Und im Dezember schließlich jubelt Maxime Du Camp und schreibt an seinen Freund Flaubert: »Ich habe der Muse [Louise Colet] Deinen Brief geschickt. Sie hat mir Deinen an sie geschickt; er ist sublim und ganz so, wie ich ihn mir erträumt habe. Das hast du gut gemacht, sehr gut. Mit der Frau hätte das Leben aus endlosen Scherereien bestanden.« (*27. Dezember 1847*) Das war nach dem ersten Bruch zwischen Gustave und Louise.

Louis Bouilhet dagegen zeigt sich sensibler. Sein Ton ist betrübter, anteilnehmender, wenn auch gelegentlich eine gut verständliche Unduldsamkeit aufblitzt.

Louis Bouilhet ist Louise Colet dankbar, weil sie als erste einen lobenden Artikel über ihn in den Zeitungen geschrieben hat. Louis schreibt Gedichte und Theaterstücke. Und dieser lobende Artikel war einer der Gründe für die Annäherung zwischen Louise und Gustave. »Ich bin Dir dankbar, du bist großherzig«, schreibt er ihr 1851, als sie nach vier Jahren die Beziehungen wieder aufnehmen.

Bouilhet kennt Gustave schon seit Kindertagen. Zwischen ihnen besteht eine tiefe und dauerhafte Freundschaft. Gustave wollte ihn immer bei sich in Croisset haben. Zusammen verbrachten sie die Nachmittage und die Abende damit, einander das, was sie geschrieben hatten, zu korrigieren.

Später hatte jeder für sich sein Sexualleben mit Frauen. Über diese Frauen sprachen sie untereinander mit ganz und gar männlicher Kumpanei. Manchmal tauschten sie sie aus, machten sie sich gegenseitig zum »Geschenk« und prahlten voreinander mit ihnen. Jedenfalls durfte keiner von beiden aus keinem Grund der Welt ihre Freundschaft beschädigen, die für fester und tiefer als jede andere Verbindung gehalten wurde.

Nachdem sie den Fehler gemacht hat, ihm das Gedicht von Louis Bouilhet zu schicken, schickt Louise Flaubert ein eigenes Gedicht mit dem Titel *Fantômes*, in dem von vergangenen Lieben wie von literarischen Phantasmen die Rede ist, bei deren Anblick sie »verblüfft zusammenzuckt«. Phantasmen, die in jenem »Mondschein« wiederzuerkennen sind, den Flaubert Emmas Träumen zuschreibt.

Um sich für das zu naive und lobende Gedicht von Bouilhet zu rächen, nimmt Flaubert sich *Fantômes* vor und verreißt es genüßlich. Nur daß er es dann verwendet, um gegen seine Heldin in *Madame Bovary* zu wüten.

»Das war eine gute Idee«, schreibt er an die Freundin, »und der Anfang ist meisterhaft! [Sie sah sie ruhig vorüberziehen, / die lange Reihe der geliebten Bilder, / die auf sie zukamen, ihr in die Augen blickten / und sie an die leuchtenden Stunden erinnerten.] Die Idee war gut, aber Du hast sie nach Herzenslust zuschanden gemacht [...] Es muß also umgeschrieben werden [...]

Mit einem Wort, Dein Stück ist am Anfang umfassend wie die Menschheit und am Schluß eng wie der Raum zwischen zwei Schenkeln [...] vom zweiten Teil gefällt mir fast nichts.« (*1. September 1852*)

Eines Abends beschließt Emma, mit Léon und seinen Freunden zu einem Maskenball zu gehen. Zu diesem Anlaß trägt sie Samtkniehosen, rote Strümpfe, »eine Rokokoperücke [...] und tanzte die ganze Nacht durch beim Geschmetter der Posaunen« inmitten von Léons Freunden. Im Morgengrauen findet sie sich mit den wenigen, die noch da und inzwischen betrunken sind, und einigen Mädchen von »niederstem Niveau« beim Rauchen und Punschtrinken wieder. Da richtet sie ihren Blick auf sich selbst und entdeckt, daß ihre Kleider ganz zerknittert sind, daß sie berauscht ist und »wie ein leichtes Mädchen aussieht«. Scham überfällt sie und Wut auf sich selbst.

Aber wie aufrichtig sie auch sein mag, sagt uns Flaubert, es gelingt ihr nicht, den üblichen melodramatischen Ton zu vermeiden. »Sie hätte davonfliegen mögen wie ein Vogel [...] in den unbefleckten Weltenraum.« Und während sie dies denkt, raucht sie eine letzte parfümierte Zigarette.

Abermals finden wir das Thema der Androgynie in Verbindung mit der nächtlichen Sinnlichkeit, dem Sichgehenlassen, einer etwas naiven Vorstellung, wenn man so will, von Laster und Verdorbenheit. Um das Fest frei zu genießen, verkleidet sich Emma als Mann, und diese Verkleidung birgt die ganze Melancholie eines Machtwillens, dem es an Ausübungsmöglichkeiten fehlt. Sie erscheint uns eindeutig pathetisch, so pathetisch wie Menschen sind, die wollen und nicht können, die Wünsche haben, die größer sind als sie selbst, und sich als etwas aufspielen, was sie nie sein können.

Einige Tage später trifft morgens im Hause Bovary der Zahlungsbefehl ein, in dem die Pfändung aller Möbel angedroht wird. Doktor Charles soll innerhalb von vierundzwanzig Stunden die Summe von achttausend Francs zahlen. Ein enormer Betrag, über den in Yonville nur wenige hätten verfügen können. Geschweige denn Charles Bovary, der kleine Gemeindearzt, dem es nicht einmal gelingt, sich von seinen Patienten bezahlen zu lassen.

Emma nimmt den Zahlungsbefehl in Empfang, als ihr Mann noch unterwegs ist. Sie meint, irgendeinen Ausweg finden zu können, bevor er nach Hause kommt, und läuft zu Lheureux. »Das ist wohl ein Scherz«, sagt sie wütend zu ihm. Und er antwortet trocken, es sei ernst, diesmal müsse sie zahlen.

»Sie ging so weit, ihre schöne, schmale, weiße Hand auf die Knie des Händlers zu legen.« Aber er wehrt verärgert ab. »Am Ende wollen Sie mich gar noch verführen!« sagt er unwillig.

»Sie sind ein Schuft!« schreit sie ihn an. »Ich werde es meinem Mann sagen.« »Na schön, da werde ich ihm was zeigen, Ihrem Mann«, erwidert Lheureux und zieht einen Wechsel über tausendachthundert Francs aus der Tasche, den sie ihm seinerzeit ausgestellt hat.

Dies ist eine der erbarmungslosesten Szenen in bezug auf Emma. Das weiß Flaubert, und er ist offenbar glücklich, seine Wut an ihr auszulassen: die Bitte um eine nochmalige Prolongation, die mit einem Verführungsversuch einhergeht, »die kleine weiße Hand«, die dem verhaßten Händler aufs Knie gelegt wird. Seine Weigerung und ihre sofortige, beleidigte Empörung. Ihr verletztes Schamgefühl und die Drohung, es ihrem Mann zu erzählen, was die in diesem Moment gerechtfertigte Bosheit von Lheureux hervorruft.

Emma geht mehr denn je diskreditiert daraus hervor: falsch, niederträchtig, erpresserisch, verlogen, bereit, mit dem widerlichen Lheureux zu flirten, nur um ihn zu dem soundsovielten Zahlungsaufschub zu bewegen. Geht es noch schlimmer?

Kurz – und dies ist der in dem Buch so oft wiederkehrende Gedanke Flauberts –, Emma ist nicht zu verurteilen, weil sie ihren Ehemann betrügt, sondern wegen ihres vulgären Charakters, wegen ihrer kalten, egoistischen Suche nach einer Lust, von der nicht einmal sie selber weiß, worin sie besteht, wegen der Dummheit, mit der sie an den durch und durch unechten literarischen Mythen hängt, und wegen ihrer viertrangigen Sentimentalität.

Man fragt sich, ob Flaubert hinter den Beteuerungen seiner Hochschätzung, die er stets mit schiefem Mund abgibt, nicht Louise Colet gegenüber das gleiche klare und verächtliche Urteil hatte, das er Emma gegenüber zeigt.

Übrigens schreibt er Louise gerade in einigen Briefen aus der zweiten Phase, in denen er sie ständig »arme Seele«, »meine arme Liebe«, »meine arme Frau« nennt, in bezug auf *Madame Bovary*: »Es wird, glaube ich, das erste Mal sein, daß man ein Buch zu sehen bekommt, das sich über seine junge weibliche und auch seine junge männliche Hauptperson lustig macht. Dem Pathetischen tut die Ironie keinen Abbruch. Sie treibt es im Gegenteil auf die Spitze. In meinem 3. Teil, der voller Farcen sein wird, sollen die Leute weinen.« (*9. Oktober 1852*)

»Es gibt, ehrlich gesagt, Momente, wo es mir beinahe physisch übel wird, so niedrig und gewöhnlich ist der Inhalt.« (*13. April 1853*) »*Saint Antoine* hat mich nicht ein Viertel der geistigen Anspannung gekostet, in die mich die *Bovary* zwingt. Das war ein Überlaufbekken; ich hatte nichts als Vergnügen beim Schreiben [...] jetzt muß ich alle Augenblicke in eine Haut schlüpfen, die mir unsympathisch ist.« (*6. April 1853*)

Und damit sind wir am Tag der Pfändung angelangt. Im Hause Bovary treffen die Gerichtsbeamten ein, um das Mobiliar und die Wertgegenstände zu inventarisieren. Emma empfängt sie mit »stoischem Gleichmut«. Aber sie ist in ihrem Träumerinnenkopf immer noch überzeugt, daß sie irgendeinen Ausweg finden und die Sache vor ihrem Mann verbergen kann. Kaum sind die Beamten fort, eilt sie nach Rouen, um jemanden zu suchen, der ihr einen Kredit gibt. Aber beide Bankiers, an die sie sich wendet, schicken sie freundlich zum Teufel.

Da sie nicht weiß, wen sie sonst noch fragen soll, überwindet Emma ihren Stolz und sucht Léon auf. Sie umarmt ihn, küßt ihn, macht ihn glauben, sie sei nur gekommen, um ihm guten Tag zu sagen, und plötzlich eröffnet sie ihm, sie brauche sofort achttausend Francs. »Du bist wohl wahnsinnig?« antwortet er. Sie erklärt ihm, ihr Mann wisse noch nichts davon, daß die Gläubiger in wenigen Stunden wiederkämen, und wenn sie das Geld nicht auftreibe, sei sie verloren. Nur er könne ihr helfen.

»Wie soll ich denn?« fragt Léon besorgt. Und sie sofort, aggressiv: »Was für ein Feigling du bist!« Schließlich überredet sie ihn, wenigstens dreitausend Francs aufzutreiben, indem sie ihm zu verstehen gibt, es sei seine Pflicht und Schuldigkeit. »Wenn ich an deiner Stelle wäre«, sagt sie, »ich wüßte das Geld schon zu finden.« »Wo denn?« fragt er verzweifelt. »In deiner Kanzlei!« antwortet sie unerschütterlich. Und er wird blaß. »Eine höllische Verwegenheit glühte in ihren Augen [...], etwas lüstern Aufleuchtendes.« Kurz, Emma treibt Léon zum Diebstahl. Und noch dazu bei seinem Arbeitgeber.

In diesem Moment ist Léon wirklich erschrocken, aber er schafft es nicht, offen zu reagieren. Deshalb greift er zu einer List und sagt ihr, ja, es gebe vielleicht einen Freund, der ihm das Geld leihen könne, er werde sein Möglichstes tun, »aber wenn ich in drei Stunden nicht hier bin, dann warte nicht länger auf mich«.

Emma kehrt, Léons Feigheit verfluchend, nach über

dreistündigem Warten niedergeschlagen nach Yonville zurück. An den Häuserwänden der Stadt findet sie die Plakate, auf denen der Verkauf ihrer gesamten Möbel angekündigt wird. Doch sie will sich noch immer nicht geschlagen geben. Es bleibt ja noch Notar Guillaumin, sagt sie sich. Daß sie daran nicht früher gedacht hat! Er ist ein Freund von Lheureux und auch von Charles, bestimmt wird er ihr helfen.

Ein Charakterzug von Emma, wie auch von Louise, ist, daß sie ihre Mitmenschen nicht versteht. Ihr Instinkt führt sie immer dazu, sich im falschen Moment an die falsche Person zu wenden, den Ton nicht zu erraten und alles mißzuverstehen. Und zwar, weil sie, so redet uns Flaubert ein, den Menschen statt ins Gesicht »ins Herz« sieht oder in eine abstrakte Vorstellung vom Herzen.

Emma eilt in das dunkle Haus von Notar Guillaumin und trifft ihn bei einem Kotelett und einer Tasse Tee an. Sie bittet ihn sofort, ohne Umschweife, ihr tausend Francs zu leihen. Er sieht sie neugierig an und sagt weder ja noch nein. Aber unterdessen »faßte er nach ihrer Hand, drückte einen gierigen Kuß darauf und behielt sie dann auf seinem Knie. Er spielte zärtlich mit ihren Fingern und sagte ihr tausend Schmeicheleien.«

Da wechselt Emma nach anfänglicher Bereitwilligkeit (sie läßt ihre Hand auf dem Knie des Notars liegen, läßt sich die Finger streicheln) plötzlich den Ton und reagiert schroff. Vielleicht aus Furcht, den Fehler mit Lheureux zu wiederholen; vielleicht, weil diesmal nicht sie verführt, sondern er etwas fordert, und sie sich dadurch beleidigt statt geschmeichelt fühlt, oder weil vielleicht wieder einmal die Lust am Theaterspielen die Oberhand über alles andere gewinnt (und Flaubert gibt uns zu verstehen, daß eigentlich dies der wahre Grund ist); fest steht, daß sie sich empört zurückzieht. Und während sie sich zurückzieht, wiederholt sie ihre Bitte um Geld, mit größerer Arroganz als vorher. Doch der Notar, der ihre Kehrtwendung noch nicht begriffen hat, wirft sich auf die Knie mit den Worten: *»Je vous aime, Emma«*. Dann faßt er sie um die Taille und versucht sie zu küssen. Aber Emma reißt sich los »mit zornfunkelnden Augen« und ruft: »Ich bin vielleicht zu bedauern, mein Herr, aber nicht zu kaufen!«

All dies erinnert sehr an eine Szene, die Louise Flaubert in einem Brief erzählt, der verlorengegangen ist, den er aber in einer sarkastischen Antwort aufnimmt und analysiert. Der Vorfall, von dem Louise berichtet, ist der folgende: Alfred de Musset, der ihr seit langem den Hof macht, lädt sie eines Tages zu einer Kutschfahrt ein. Unterwegs fällt er über sie her. Louise versucht ihn aufzuhalten, aber als ihr das nicht gelingt, öffnet sie den Wagenschlag und wirft sich, selbst auf die Gefahr hin, sich den Hals zu brechen, bei voller Fahrt hinaus. Voller Beulen und Schrammen schildert sie Flaubert am nächsten Tag, was geschehen ist. Und er empört sich zu Recht: »Ich würde ihn mit Wonne durchprügeln«, schreibt er in bezug auf de Musset. »Sollte er mir je auf die Füße treten, werde ich ihm einen Tritt in den Bauch verpassen [...] Ah! meine arme Louise, Du, daß Du da lagst! Für einen Augenblick habe ich Dich tot auf dem Pflaster liegen sehen, mit dem Rad, das Dir über den Leib rollt, einem Pferdehuf auf Deinem Gesicht [...] Oh! wie gern sähe ich es, daß er wiederkäme und daß Du ihn entschlossen vor dreißig Leuten mit einem Fußtritt zur Tür hinausbefördertest! Wenn er Dir schreibt, dann antworte mit einem monumentalen Brief von fünf Zeilen. ›Warum ich nichts von Ihnen wissen will? Weil Sie mich anwidern und weil Sie eine feige Memme sind.‹ [...] Du hast es in dieser ganzen Angelegenheit an Feingefühl fehlen lassen. Wind ist in den Köpfen der Frauen wie im Bauch eines Kontrabasses. Statt Dich aus dem Wagen zu stürzen, hättest Du nur den Kutscher halten lassen und ihm sagen sollen: ›Tun Sie mir den Gefallen, diesen Monsieur Alfred de Musset rauszuwerfen, er beleidigt mich.‹« (*7. Juli 1852*)

Aber das würde nicht zu Louises Charakter passen, die seinerzeit aus Wut über einen beleidigenden Artikel heimlich in das Haus des Journalisten Alphonse Karr eingedrungen war und sich mit einem Messer auf ihn gestürzt hatte. Natürlich war sie so ungestüm und tolpatschig gewesen, daß der Journalist ihr das Messer aus der Hand reißen, sie zur Tür hinauswerfen konnte und am nächsten Tag ganz Paris von der Sache erzählte.

Nachdem sie den Brief ihres geliebten Gustave erhalten hat, denkt Louise, genau wie Emma es an ihrer Stelle tun würde, daß daraus ein Duell entstehen könne und bittet Flaubert, »nicht in Wut zu geraten«.

Darauf antwortet er sarkastisch: »Warum tust Du überdies so, als flehtest Du mich an, ihn nicht zu töten, als wäre ich ein Angeber und hätte blutrünstige Sätze dazu verfaßt [. . .] Beruhige Dich, ich werde nicht nach einer Gelegenheit suchen.« (*12. Juli 1852*)

Was Louise Flaubert nicht schreibt, ist, daß sie und Alfred de Musset bereits miteinander geschlafen hatten und sich regelmäßig trafen. Nur stritten sie sich oft, weil er zuviel trank, und wenn er trank, wurde er tätlich und grob und hatte Vergewaltigungsgelüste. Als sie einmal von einer Spazierfahrt in den Bois zurückkamen, hatte er die Kutsche dreimal vor Weinschenken halten lassen, um Absinth zu trinken.

Aber zurück zu Emma, die aufrecht vor dem Notar Guillaumin steht, der vor ihr kniet, und sie wendet sich entrüstet ab.

Flaubert legt ihr in diesem Moment einen Satz in den Mund, wie er theatralischer und unechter nicht sein könnte: »Ich bin vielleicht zu bedauern, mein Herr, aber nicht zu kaufen!« Pauken und Trompeten! Wer hätte an ihre Anständigkeit geglaubt, nachdem sie zuvor selber versucht hatte, sich (unter Wahrung der Form natürlich) an den Händler Lheureux zu »verkaufen«, um die Schulden nicht zahlen zu müssen? Arme Emma, keine Ruhe vor dem unerbittlichen Urteil Flauberts, nie kann sie sich ein wenig menschlich zeigen.

Und doch hatte mancher Leser damals seine Freude an Emmas theatralischer Verweigerung als einer angemessenen Pflichterfüllung; Zeichen einer moralischen Revolte der Protagonistin gegen Mißbrauch und Erpressung. Aber er hatte die Rechnung nicht mit dem

Autor gemacht, der aus einer Ecke heraus die ganze Szene mit skeptischem Blick beobachtet hat und uns nun erklärt: »Die Enttäuschung über den Mißerfolg steigerte noch die Empörung ihres beleidigten Schamgefühls. Sie kam sich vom Schicksal grimmig verfolgt vor, und das erfüllte sie mit einem trotzigen Selbstgefühl. Noch nie war sie so stolz auf sich und so voller Verachtung gegen die anderen gewesen. Eine wilde Kampflust überkam sie. Sie hätte alle Männer schlagen, ihnen ins Gesicht speien, sie niedertreten mögen.«

Und hier kommt deutlich Flauberts Animosität gegenüber den Frauenforderungen seiner Freundin Louise zum Ausdruck. »Du sagst, daß [...] die Frauen [...] kaum frei über sich verfügen können. Das ist wahr. Man bringt ihnen so das Lügen bei, man erzählt ihnen so viele Lügen! Niemand ist je imstande, ihnen die Wahrheit zu sagen. [Der letzte Satz ist unterstrichen] Und wenn man das Pech hat, aufrichtig zu sein, sind sie außer sich über diese Absonderlichkeit! Was ich ihnen vor allem vorwerfe, das ist ihr Bedürfnis nach Poetisierung. Ein Mann wird seine kleine Näherin lieben, und er wird wissen, daß sie dumm ist, und trotzdem nicht weniger Spaß daran haben. Doch liebt eine Frau einen Flegel, ist er ein verkanntes Genie, eine auserwählte Seele.« (*24. April 1852*)

Und nochmals, immer als Antwort auf Louises Vorhaltungen und ihre Begeisterung für die Gleichberechtigung: »Die Frauen sind nicht ehrlich mit sich selbst [...] Sie halten ihren Hintern für ihr Herz und glauben, der Mond sei dazu geschaffen, ihr Boudoir zu erleuchten. Der Zynismus, der die Ironie des Lasters ist, fehlt ihnen, oder, wenn sie ihn haben, ist er gespielt. Die Kurtisane ist ein Mythos. Nie hat eine Frau eine Orgie inszeniert. Ihr Herz ist ein Klavier, auf dem sich der Mann als egoistischer Künstler darin gefällt, Weisen zu spielen, mit denen er brillieren kann, und jede Taste, die er berührt, spricht für ihn.« (*24. April 1852*)

Heute wäre es natürlich leicht zu antworten, daß die Schwächen, von denen er spricht, Schwächen der Zeit waren, Schwächen einer Situation, in der Frauen in Abhängigkeit lebten und deshalb wie Gefangene »hysterisch« reagierten. Aber Flaubert tendierte wie Louise dazu, seine Erfahrungen zu rationalisieren.

Über Emma schreibt Flaubert: Sie wußte, daß ihr Mann ihr alles verzeihen würde. Deshalb wäre es vernünftig gewesen, ihn um das Geld zu bitten. Aber nein. »Der Gedanke, Bovary könnte Überlegenheit über sie gewinnen, machte sie rasend.« Wie sollte sie hinterher »die Zentnerlast seiner Großmut« ertragen. Kurz, wieder bemüht sich Emma nicht deshalb, ihre Missetat zu verbergen, weil sie sich deswegen schämt oder weil sie ein diffuses Schuldgefühl hat oder ihren Mann nicht verletzen oder ihre Tochter nicht auf die Straße setzen lassen, sondern nur weil sie sich gegenüber dem Mann, mit dem sie zusammenlebt, nicht unterlegen fühlen will.

Aus diesen kleinlichen Motiven umgeht sie ihren Charles, der sie sicher verstanden und ihr geholfen hätte, und verläßt, kaum ist sie zurück, schon wieder das Haus, um jemand anders um Hilfe zu bitten. Und natürlich trifft sie die schlimmste Wahl, was noch einmal beweist, wie wenig sie die Menschen kennt, mit denen sie doch verkehrt und die sie geliebt hat.

Die Mentalität der Menschen, die uns nahestehen, nicht zu begreifen, bedeutet, die Gefühle gegen die Realität zu stellen, bedeutet Selbsttäuschung, Umformung der Dinge nach unserem Belieben. Ein weiterer schwerer Fehler, den Flaubert Louise Colet anlastet. In ihrer emotionalen Großzügigkeit überfrachtet sie die Menschen in ihrer Umgebung mit Vorzügen und Schwächen, die sie oft gar nicht haben, je nach der Bewunderung, Zärtlichkeit oder Kälte, die diese ihr gegenüber zeigen, ohne jede objektive Fähigkeit, zu beobachten und zu urteilen.

So bittet Emma, wie es auch Louise getan hätte, die am wenigsten geeignete Person um Hilfe. Ein Minimum an psychologischer Kenntnis hätte ausgereicht, um zu begreifen, daß dies die allerschlechteste Idee ist. Statt dessen stürzt sie, von der Eile getrieben und in Erinnerung an einige Augenblicke der Ekstase, zu ihrem ehemaligen Geliebten Rodolphe Boulanger. Er ist reich, er hat sie geliebt, er wird ihr helfen.

Sie findet ihn, Pfeife rauchend, am Feuer sitzen. Als sie hereinkommt, ist er einen Moment lang überrascht, lächelt sie aber sofort freundlich an. Er hat noch Gewissensbisse, und außerdem glaubt er, sie sei gekommen, um mit ihm über ihre Liebe zu sprechen. Vielleicht leidet sie noch immer seinetwegen, warum also nicht lächeln?

Instinktiv nimmt Emma seine Hände und sagt: »Ich habe dich sehr geliebt.« Sie beginnt also mit feinster

Intuition die elementarsten Waffen der Verführung zu gebrauchen. Sie schmeichelt ihm, »liebkosend wie eine verliebte Katze«, kommentiert Flaubert und enttäuscht uns, offen gesagt, diesmal mit der Wahl seiner Metapher. Das Bild der »verliebten Katze« ist konventionell und einer kostbaren und erlesenen Feder wie der seinen unwürdig.

»Du liebst andere Frauen! Oh, ich verstehe«, fährt Emma sanft fort. »Du bist eben ein richtiger Mann [...] Aber jetzt wollen wir uns beide wieder liebhaben, ja? Nicht wahr?« Wieder ist sie eine Lügnerin, eine Erpresserin. Wie will sie sich aus der Affäre ziehen, selbst wenn er ihr das Geld leiht?

Doch Flaubert hält sich an die Erzählung des Geschehens und vertraut uns seine Bewunderung an: »Sie sah entzückend aus«, schreibt er. »Eine Träne zitterte in ihrem Auge wie eine Regenperle nach einem Gewitter in einem blauen Blumenkelch.«

Waren Emmas Augen denn nicht schwarz? Wir betreten hier die blaugetönten Bereiche der Flaubertschen Erotik. Ob es sich um eine Erinnerung an Louises blaue Augen handelt?

Emma sieht also »entzückend« aus. Im übrigen, wenn sie nicht entzückend aussähe, wodurch sollte dann ein Mann wie Rodolphe in Versuchung geraten? Wie kann eine verflossene Geliebte, die wieder auftaucht, eine Frau, die man aus Langeweile verlassen hat, Begehren wecken, wenn sie nicht eine leichte Berauschtheit der Sinne auslöst, die die Erinnerung an die Vergangenheit verwischt?

Rodolphe, der glaubt, sie sei da, um eine alte Liebe

wieder aufleben zu lassen, zieht sie, gerührt über so viel Hartnäckigkeit, an sich, streichelt mit seinem Handrücken ihr tiefgescheiteltes, glattes schwarzes Haar, »in dem sich ein letzter Sonnenstrahl spiegelte, in der Dämmerung funkelnd wie ein goldener Pfeil«.

Wieder einmal ist es allein die Schönheit, die Flaubert rührt; vor Emma hat er nicht die geringste Achtung, wie wir bald sehen werden. Auch nicht vor Rodolphe, um ehrlich zu sein. Es sind zwei wenig bewundernswerte Menschen, die das Schlechteste von sich selbst zum Ausdruck bringen.

»Du hast geweint?« fragt er und küßt sie auf die Augenlider, gerührt bei dem Gedanken, wie sehr sie durch seine Schuld gelitten hat. Emma bricht in Schluchzen aus. Er ist noch mehr geschmeichelt und »hielt das für einen Ausbruch ihrer Liebe«. – »Verzeih mir!« sagt er in einem Anflug von Großherzigkeit. »Du bist die einzige, die mir gefällt. Ich war ein Idiot, ein schlechter Kerl! Ich liebe dich, ich werde dich immer lieben! Was hast du?« Da gesteht Emma im Vertrauen auf diese Liebesworte wütend und aufrichtig: »Ich bin ruiniert, Rodolphe! Du mußt mir dreitausend Francs leihen«. Daraufhin wird er schlagartig ernst. Die ganze vorherige Rührung schwindet im Nu aus seinem erblaßten Gesicht. »Darum ist sie gekommen«, denkt er wütend. Und seine Antwort ist kalt und entschieden: »Die habe ich nicht, meine Liebe.«

»Von allen Stürmen«, kommentiert Flaubert, »die über eine Liebe hereinbrechen können, ist eine Bitte um Geld der erkältendste, derjenige, der sie am meisten entwurzelt.«

»Du hast sie nicht!« wiederholt sie mehrmals ruhig, als spräche sie mit sich selbst. »Ich hätte mir diese letzte Schmach ersparen können!« Aber sofort ersetzt sie, wie es ihre Art ist, Gekränktsein durch Aggressivität: »Du hast mich nie geliebt! Du bist nicht mehr wert als die anderen!«

»Sie verriet sich selbst. Sie gab ihre Ehre preis«, kommentiert Flaubert mit einer Regung echten Mitleids. Doch Emma scheint sich darin zu gefallen, ›ihre Ehre preiszugeben‹. Nicht zufrieden mit der Reaktion ihres Exliebhabers auf ihre Bitte, greift sie ihn mit einer erpresserischen und drohenden Predigt an, die die Sache nur noch verschlimmern kann, weil sie sich dadurch verhaßt und tadelnswert macht.

»Ach, du tust mir aber leid!« braust sie auf. »Aber wenn man so arm ist, dann läßt man sich seine Flinten nicht mit Silber beschlagen! Dann kauft man keine Stutzuhr mit Schildpatteinlagen [...] Oh, er läßt sich nichts abgehen, es ist alles da, bis zum Likörschränkchen an der Wand [...] Du hast ein gutes Leben! Ein Schloß, Pachthöfe, Wälder. Du reitest Jagden mit. Du machst Reisen [...] Aber ich will dein Geld gar nicht! Behalt es nur!«

Man fragt sich mit angehaltenem Atem, wie weit Emma in ihrer Schamlosigkeit und dümmlichen Unverfrorenheit noch gehen wird. Aber sie scheint jetzt nicht mehr aufzuhalten zu sein, nachdem sie sich einmal auf die schiefe Bahn ihrer schlimmsten Selbstdarstellung begeben hat.

»Ohne dich hätte ich glücklich und zufrieden leben können!« schreit sie ihn an. »Hier auf dem Teppich, hier auf dieser Stelle hast du mir auf Knien ewige Liebe geschworen [...] Dein Brief! Er hat mir das Herz zerrissen! Und jetzt, wo ich zu diesem Mann zurückkehre, zu ihm, der reich und glücklich und frei ist, und ihn um eine Hilfe bitte, die mir jeder erste beste gewähren würde, ihn unter Tränen bitte und ihm meine ganze Liebe wiederbringe, da stößt er mich zurück, weil es ihn dreitausend Francs kosten würde!«

»Ich habe sie nicht«, wiederholt er gleichmütig, »mit der vollkommenen Gelassenheit, hinter der sich gekränkte Gemüter, denen ein Zornesausbruch nicht mehr lohnend erscheint, wie hinter einem Schild zu verbergen pflegen.« Und hier kann Flaubert trotz seines geringschätzigen Urteils über Rodolphe nicht anders, als dessen Partei zu ergreifen.

Diese resignierte Wut kannte er nur zu gut, seine Briefe an Louise sind voll davon, randvoll. Und man fragt sich verwundert, was ihn dazu getrieben hat, eine Beziehung, die ihm so viel Verdruß und so viel resignierte Wut einbrachte, so lange aufrechtzuerhalten. Aber warum resigniert? Er war ja nicht gezwungen, mit Louise zusammenzubleiben, er hatte sie nicht geheiratet noch hatte er ihr je etwas versprochen. Was hielt ihn fest und warum?

Man könnte auf den Gedanken kommen, vor allem, wenn man die Briefe aus der zweiten Phase ihrer Liebe liest, der sorgfältige Gustave wäre darauf angewiesen gewesen, das Modell seiner literarischen Heldin vor sich zu haben. Und gewiß gab ihm die resignierte Wut den richtigen erzählerischen Furor ein.

Diese These ließe sich durch die Tatsache belegen,

daß Flaubert, kaum hatte er *Madame Bovary* beendet, jede Beziehung zu Louise Colet abbrach. Und acht Jahre Liebe und Wut stürzten ins Nichts.

Aber wahrscheinlich sind die Dinge komplizierter, und seine Liebe zu Louise, zumindest zu Louises Körper in seiner blauen und androgynen Schönheit, nahm ihn so sehr gefangen, daß er es trotz seines negativen Urteils, seines Widerwillens und seiner Weigerung, sie häufiger als alle zwei Monate zu sehen, nicht schaffte, die Beziehung abzubrechen.

Nachdem ihr letzter Versuch, Geld aufzutreiben, gescheitert ist, geht Emma auf dem Rückweg in Homais' Apotheke vorbei und verlangt Rattengift. Homais ist gerade nicht im Laden, und Justin, der Lehrling, läßt sich, eingeschüchtert von ihrer Gestalt, die »ihm überirdisch schön und hoheitsvoll [vorkam] wie eine Erscheinung aus einer anderen Welt«, den Schlüssel zur Bodenkammer wegnehmen. Emma geht hinein, ergreift den Glasbehälter, fährt rasch mit der Hand hinein und stopft sich den Mund mit Arsen voll. Dann läuft sie fort und läßt den Jungen verblüfft und entsetzt stehen.

Inzwischen ist Charles, der nun auch von der Katastrophe erfahren hat, nach Hause gekommen, sucht sie überall und hat Angst um sie. Er wird ruiniert und sein Name kompromittiert sein, denkt er, aber was ihn in diesem Augenblick am meisten ängstigt, ist das Verschwinden seiner Frau.

Und da kommt sie, schweißgebadet, keuchend, das

Gesicht in nervöser Erregung verzerrt. »Was fehlt dir denn?« fragt Charles und versucht, sie festzuhalten. Aber sie schiebt ihn beiseite und schließt sich in ihr Zimmer ein, nachdem sie einen kurzen Brief geschrieben und ihm übergeben hat mit den Worten: »Lies ihn morgen!«

Abermals hat Emma eine schwerwiegende Voreiligkeit begangen. Das Arsen, denkt sie, wird ihr einen schnellen, schmerzlosen Tod bereiten. Aber wieder einmal ist es eine falsche Vorstellung. Der Todeskampf wird lang und schrecklich. Und grausam zwingt uns Flaubert, alle Phasen der Vergiftung mitzuverfolgen, ohne auch nur eine Einzelheit auszulassen.

Andere Autoren hätten wahrscheinlich hier innegehalten. Er nicht. Und in dieser Zumutung an den Leser, unerschütterlich den grausigsten Details dieses Todes beizuwohnen, verbirgt sich eine naturalistisch-veristische Auffassung vom Schreiben, aber auch ein letzter Beweis des Widerwillens, den der Autor gegenüber seiner Romanfigur hegt, die Genugtuung eines Scharfrichters gewissermaßen.

Als das Gift zu wirken beginnt, rollt Emma »den Kopf mit sanfter, angstvoller Gebärde hin und her«. Gleichzeitig verlangt sie etwas zu trinken, weil sie einen »abscheulichen Tintengeschmack im Mund hat«. Flaubert hatte Bücher und Zeugenaussagen gelesen, hatte seinen Bruder, den Chirurgen, befragt, hatte Krankenhäuser besucht, um sich über den Vergiftungstod zu informieren. Aber den Tintengeschmack kannte er selber. Da er täglich eine Dosis Quecksilber nahm, um seine Syphilis zu heilen, hatte er oft eine schwarze Zunge und eben jenen Tintengeschmack auf den Zähnen.

Charles legt seiner Frau eine Hand auf den Magen, und sie stößt einen Schrei aus. Was tun? Er hat die Ursache ihrer Übelkeit noch nicht begriffen. Unterdessen wird ihr Körper von heftigen Krämpfen geschüttelt. Endlich entschließt sich Charles, den Brief zu öffnen, trotz ihres Befehls: »Lies ihn morgen!« In dem Brief steht, daß sie Gift genommen hat. Bei diesem Wort fängt Charles an zu zittern, seine Hände fahren ihm in die Haare, seine Füße tragen ihn im Zimmer hin und her, wobei er an die Möbel stößt. Er hat nicht einmal die Kraft, Hilfe zu holen. Es ist Félicité, das Dienstmädchen, die zum Apotheker Homais läuft, der seinerseits seinen Gehilfen zu einem Arzt nach Neufchâtel schickt.

Verstört und entsetzt ist Charles außerstande, eine Entscheidung zu treffen. Er kniet neben dem Bett und fragt seine Frau: »Warum hast du das getan? [...] Warst du denn nicht glücklich? Bin ich schuld? Ich habe doch alles getan, was ich konnte!« »Ja«, antwortet sie mit schwacher Stimme und streicht ihm durchs Haar, »du bist gut.« »Sie hörte nur noch die gebrochene Klage ihres armen Herzens, matt und undeutlich wie den letzten Nachhall einer in der Ferne verklingenden Symphonie.«

Das Wort »Herz« kommt in Flauberts Werken sehr häufig vor. Und das ist merkwürdig bei seiner beharrlichen Ablehnung jeder Sentimentalität, jeder Rhetorik des »Amor nel cor«. Tatsächlich sieht er das Herz häufig eher als etwas Anatomisches, als einen Muskel aus Fleisch und Blut denn als Sitz der Gefühle.

»Ich habe es Dir schon einmal gesagt, die Haut meines Herzens ist, wie die der Hände, ziemlich schwielig«, schreibt er am 31. August 1846 an Louise. »Bereite ihm ein Liebesbad, wenn Du magst, Deinem armen Herzen, aber ertränke es nicht.« (*2. September 1846*) »Was mein Herz angeht, so hat es eine enge und verkrampfte Öffnung, das Flüssige kommt nicht leicht heraus, es läßt den Strom anschwellen und bringt ihn zum Wirbeln. Wie die Seine bei Quillebeuf ist es, voller wandernder Untiefen; viele Schiffe sind dort gesunken.« (*20. Dezember 1846*) »... dieses Herz, wo in der Einsamkeit die Leidenschaften gegärt haben, die Einbildungen und Träume von einer anderen Welt, so daß es jetzt verbeult und verbogen ist, wie ein ausgedientes Geschirr, und man es noch so sehr putzen und ausspülen kann, immer wird es den kalten Geruch haben von allem, was einst daraus gegessen wurde.« (*21. Januar 1847*)

Kurz, in der Korrespondenz Gustave-Louise ist viel vom Herzen die Rede, nur ist das Herz, von dem er spricht, verdorrt, schwielig, verbeult, gleichgültig und metallisch, Louises Herz dagegen ist leidend, voll von Tränen und Vorwürfen, unkontrolliertem Liebesüberschwang und theatralischer Einsamkeit.

Aber kehren wir zu Emmas endlosem Todeskampf zurück, der ein wichtiger Teil von Flauberts Roman ist. Die sterbende Madame Bovary läßt nun ihre Tochter holen. Das Kind kommt in den Armen des Kindermädchens. Es hat nackte Füße, die unter einem zu kurzen Nachthemd herausgucken. Es wird neben die Mutter gesetzt, und nachdem es sie lange betrachtet hat, sagt es: »Warum hast du so große Augen, Mama!« Und wir meinen Rotkäppchen zu hören mit dem bösen Wolf. »Warum bist du so blaß? Warum schwitzt du so?« fährt das Kind fort. Aber Emma scheint es nicht zu hören. Sie starrt das Kind an, so daß es erschrickt, und nimmt seine Hand, um sie zu küssen. Aber das Kind weicht erschrocken zurück. Der Blick der Mutter ist abwesend und starr. Wer weiß, welche Erinnerungen dem Kind durch den Kopf gehen, an Stöße, die es bekommen hat, an ständige Zurückweisungen und unerklärliche Grobheiten.

Wir fragen uns: Wie sah Flaubert die Verbindung zwischen Mutter und Tochter? Anders als die zwischen Mutter und Sohn? Und wie stellte er sich die gefühlsmäßigen Pflichten einer Mutter vor? Sicher, er selbst kannte die Beziehung zwischen Mutter und Sohn nur zu gut, aber die Beziehung einer Mutter zu ihrer einzigen Tochter?

Im Roman erweist sich Emma als schlechte Mutter, die an Gesundheit, Wohlergehen und Glück ihrer Tochter völlig uninteressiert ist und ihr kaum mehr als eine zerstreute, unbestimmte Zuneigung entgegenbringt, die bei der geringsten Übellaunigkeit auch noch schwindet. Eine Mutter, die ihre Tochter wenige Tage nach der Geburt einer schmutzigen, armen Amme überläßt, inmitten von Fliegen und Mäusen, sie später wie ein Waisenkind aufzieht, schlecht gekleidet und vernachlässigt, und sie in einem Augenblick der Wut von sich stößt, so daß sie sich blutig verletzt, was ist das für eine Mutter? scheint Flaubert sich zu fragen.

Sicher ist dies eine weitere Übereinstimmung, die

Louise Colet bei Erscheinen des Buches tödlich verletzt hat. Warum stellt er so viele Vergleichsmomente heraus, die jeder erkennen konnte?

Emma ist wie Louise eine verheiratete Frau und hat eine Tochter, die sie, an den alten Erziehungsregeln gemessen, vernachlässigt. In Wirklichkeit liebte Louise ihre Tochter sehr, aber in den Augen der Welt war es kein Zeichen mütterlicher Fürsorge, wenn sie sie auf einer Kutschfahrt mit ihrem neuesten Liebhaber mitnahm. Wie sollte Louise erklären, daß sie kein Geld hatte, um sich ein Kindermädchen zu leisten?

Emma ist – und so beschreibt Flaubert in seinen Briefen auch Louise – besitzergreifend, ehrgeizig, leidenschaftlich und cholerisch. Emma zeigt wie Louise eine große Freizügigkeit im Wechsel ihrer Liebhaber, und das war damals skandalös.

Emma hat außerdem einen unfähigen, schwachen Ehemann, genauso wie Louise, die ehelich mit dem jungen Hippolyte Colet verbunden war, der von ihren Amouren wußte, sich aber nicht beleidigt zeigte.

Emma hat wie Louise die Manie, Fetischobjekte auszutauschen (erinnern wir uns an das blutige Taschentuch, das im Roman wieder vorkommt, an die Handschuhe, die Pantöffelchen und die Medaille mit der Inschrift »Amor nel cor«). Und wie Gustave diese Gewohnheit bei Louise abscheulich und manieriert findet, so verurteilt er sie auch bei Emma. Auch wenn wir dann erfahren, daß er heimlich bei sich zu Hause an den alten Kleidern roch, die er niemals wegwarf. Und auf die Idee mit dem blutigen Taschentuch und den Pantöffelchen war er noch eher gekommen als Louise.

Emma flirtet wie Louise gern in der Kutsche, neigt zu Szenen, handelt überstürzt, ohne zu überlegen, ist egozentrisch und aufdringlich, aber auch großzügig und freundlich, frech und lustig; sie liest gern dicke Romane von schlechtem Geschmack (zumindest aus Flauberts Sicht, der auch Victor Hugo und Lamartine dazu rechnet).

Es war für die Zeitgenossen nicht schwer, in der ehebrecherischen und betrügerischen Emma die Dichterin mit dem verworrenen Gefühlsleben wiederzuerkennen, die gut fünf Jahre Flauberts Geliebte gewesen war.

Zwar hat Emma schwarzes und Louise blondes Haar. Emma trägt es in der Mitte gescheitelt und die Ohren bedeckend, während Louise die Locken seitlich ins Gesicht fallen. Und Emmas Augen sind schwarz, Louise dagegen hat blaue Augen. (Und doch bezeichnet Flaubert zweimal versehentlich Emmas Augen als blau. Ist das nicht sonderbar bei einem so genauen und sorgfältigen Autor?)

Wenn er die Person unkenntlich machen wollte, warum hat er dann so viele offensichtliche Spuren gelassen, die zu Louise führen?

Zum Schreiben von *Madame Bovary* angeregt wurde Flaubert zweifellos, wie Maxime Du Camp sagt, durch eine Skandalgeschichte: den berühmten Selbstmord der Madame Delamare, einer überführten Ehebrecherin, über den die Zeitungen ausführlich berichtet hatten. Es ist auch wahrscheinlich, daß er sich Anregungen zu einigen Details für Emmas Amouren aus den Tagebüchern der Ludovica Louise d'Arcet Pradier holte. Aber es ist ebenso gewiß, daß Emma sehr viel von Louise Colet hat, sowohl im Charakter als auch im Verhalten.

Dabei hielt es Flaubert für wenig kreativ und zu persönlich, jemanden aus dem eigenen Bekanntenkreis in seinen Büchern nachzuzeichnen, und sei es auch im geheimen. Und er warf Louise vor, daß sie sich nicht »verkneifen« könne, es zu tun.

Er erteilte ihr Lektionen in dieser Hinsicht und entmutigte sie durch Drohungen, ein Theaterstück zu veröffentlichen, in dem der Philosoph Victor Cousin, ihr ehemaliger Liebhaber, in einer Person zu deutlich zu erkennen war: »Da Du im Français Deine Komödie lesen sollst, werde ich Dir unumwunden sagen, was ich darüber denke. Der ›Philosoph‹ wird dort klar ersichtlich verhöhnt; und wäre es nur diese Endung auf ›in‹ [Dherbin], jeder wird ihn wiedererkennen, und vor allem er sich selbst, und wird Dir das für alle Zeiten übelnehmen. Du tust Henriette Unrecht, Dir selbst vor allen Dingen [...] Vermindere also so gut wie möglich alle Ähnlichkeit zwischen Dherbin und dem Philosophen. Mach einen Legitimisten aus ihm, oder was du nur willst, statt eines Doktrinären, etc. Denke darüber nach; ich meine, dieser Rat ist bedeutsam für Dein Leben, für die Zukunft.« (*2. Mai 1852*)

Louise war sehr verbittert über die Veröffentlichung von *Madame Bovary*, von der sie im Gegensatz zu Flauberts anderen Werken, die sie wieder und wieder gelesen hatte, überrascht wurde, als hätte sie einen Eimer kaltes Wasser ins Gesicht bekommen. Sie konnte es aber nicht offen sagen, weil sie damit indirekt zugegeben hätte, als Modell für Emma gedient zu haben, und das hätte ihr nur schaden können.

Deshalb beschränkte sie sich darauf, in einem Roman, in dem hauptsächlich von der Liebesaffäre zwischen Alfred de Musset und Georges Sand die Rede ist und davon, wie Musset Louise den Hof gemacht hat, ein sehr vages und ungenaues Porträt von Gustave zu zeichnen.

»Ich will einen schwarzen Schleier über jene Jahre werfen, wie er in Venedig in den Patrizierfamilien die Porträts der zum Tode Verurteilten verdeckt«, schreibt Louise in bezug auf Flaubert in dem Roman, der den Titel *Lui* trägt und 1864 erscheint. »Ich habe erlebt, wie der stolze und hochmütige Einsame nach und nach alle seine Doktrinen über die Kunst und die Liebe geleugnet und aus seinen Ansichten eine Münze gemacht hat, die nur kleinere Geister mit Stolz erfüllt. Wenn das Gewissen unsere Handlungen nicht mehr leitet, werden Eigennutz und Eitelkeit zu den einzigen Antriebskräften des Geistes, und alle Ehrbegriffe und Ideale schwinden [...] Daher die nicht eingehaltenen Vereinbarungen, die grausamen Gelüste, die unter einem Lächeln die Instinkte von Mördern verbergen, von Manipulateuren menschlicher Angelegenheiten, die zu jedem Verbrechen bereit sind, während sie sich öffentlich mit dem Titel Politiker schmücken.« Anderswo spricht sie von *Madame Bovary* als dem »Roman eines Handlungsreisenden«.

Flaubert seinerseits kommentiert gegenüber seinem Freund Feydeau:

»Willst Du Dich amüsieren? Mach mir (oder besser

Dir) das Vergnügen und kaufe dir *Lui*, einen zeitgenössischen Roman von Madame Louise Colet. Du wirst Deinen Freund schön zugerichtet finden [...] Du kannst Dir nicht vorstellen, was für ein Schurkenstreich das ist [...] Ich gehe weiß wie Schnee daraus hervor, aber als ein unsensibler, geiziger Mann, kurz ein finsterer Schwachkopf. Das hat man davon, wenn man mit Musen *koitiert*! Ich habe mich kaputtgelacht [...] Wie eigenartig, die Literatur so in den Dienst der Leidenschaften zu stellen, und was für traurige Bücher dabei herauskommen, in jeder Hinsicht!« (*2. November 1859*)

In Wirklichkeit ist der Roman *Lui* keineswegs boshaft und auch nicht vulgär. Er ist allenfalls langweilig und weitschweifig, sehr geschwätzig und romantisch ausufernd, sprachlich schluderig und glanzlos. Aber sowohl Musset als auch Flaubert werden sehr freundlich und auch zärtlich behandelt. Ganz zu schweigen von der Hauptperson, Antonia Back, einer berühmten Schriftstellerin (George Sand), die als eine Frau mit großem Talent, eisernem Willen und tiefer Ironie dargestellt wird.

Flaubert dagegen tut alles, um seine frühere Geliebte zu diskreditieren: »Meine Beziehung zu Madame Colet«, schreibt er im November 1859 an Amélie Bosquet, »hat bei mir keine Verletzung im tieferen, auf die Empfindungen bezogenen Sinn des Wortes hinterlassen. Eher die Erinnerung (und noch heute das Gefühl) an eine sehr lange Irritation. Ihr Buch war noch das Tüpfelchen auf dem i.«

Gewiß war Flaubert ein großer Künstler, und Louise

war es nicht, aber er war derjenige, der seine Geliebte in seinen Schriften zuerst verleumdet hat. Ohne jede Hemmung, »die Literatur in den Dienst der Leidenschaften zu stellen«. Was sie in ihrem gemäßigten Roman schreibt, ist sehr harmlos im Vergleich zu dem grotesken Denkmal, das er ihr in *Madame Bovary* gesetzt hat.

Eine kurze Überprüfung der Daten verbessert keineswegs die mögliche Vorstellung davon, wie der große Romancier sein Modell für sein Schaffen benutzt hat.

Flaubert und Louise Colet lernen sich 1846 kennen. Nach den ersten Monaten der Begeisterung fängt Gustave an, immer ausweichendere, manchmal deutlich beleidigende Briefe zu schreiben. Aber er hört deshalb nicht auf, sie zu sehen, wenn auch selten, sehr selten und immer auf die Schnelle. Der Briefwechsel jedoch wird immer dichter. Sie hatte ihn, genau wie Emma, um »einen Brief jeden Tag« gebeten. Und nach einigem Zögern willigte er ein.

Am 25. August 1848 schreibt Gustave Louise einen lakonischen Brief, der nur aus den Worten besteht: »Danke für das Geschenk. Danke für Ihre sehr schönen Verse. Danke für die Erinnerung.« Schluß, aus. Die Beziehung ist nach zwei Jahren flüchtiger Begegnungen und Hunderten von Briefen beendet. Er reist mit Maxime Du Camp ab in den Orient.

Am 26. Juni 1851, nach der Rückkehr von einer Reise, schickt er Louise einen Brief: »Ich schreibe Ihnen, weil ›mein Herz mich dazu treibt, Ihnen ein liebes Wort zu sagen‹. Arme Freundin, wenn ich Sie glücklich machen könnte, ich täte es mit Freuden; das wäre nur gerecht. Der Gedanke, daß ich Sie so habe leiden lassen, ist mir schwer. Verstehen Sie das nicht? Aber das liegt [...] weder an mir noch an Ihnen, sondern an der Sache selbst.«

Am 19. September 1851 beginnt Flaubert mit dem Schreiben von *Madame Bovary*. Sollten jene »herzlichen Worte« doch nicht ganz uneigennützig gewesen sein? Wir wissen, daß Flaubert, wie es die Maler tun, sein Modell vor Augen zu haben pflegte. Und er war pedantisch genau im Beobachten und Notizen machen. Bei vielen Gelegenheiten erzählt er, wie er sich persönlich über die Einzelheiten informiert hat, die er für seinen Roman brauchte: den Ball, die Versammlungen auf dem Lande, das Schloß, die verschiedenen Möglichkeiten, einen Klumpfuß zu operieren: »Ich bin immer noch mit den Klumpfüßen beschäftigt. Mein lieber Bruder hat mich diese Woche zweimal versetzt, und wenn er morgen nicht kommt, werde ich noch einmal nach Rouen fahren müssen.« (*22. April 1854*) »Welch blutrünstige Dramen habe ich mir in der Leichenhalle ausgedacht, auf die ich früher versessen war.« (*7. Juli 1853*) »Heute morgen war ich bei einer Landwirtschaftsausstellung, von der ich tot vor Müdigkeit und Langeweile zurückgekommen bin.« (*18. Juli 1852*) An Bouilhet schreibt er: »Schicke mir ein medizinisches Buch. Ich brauche die wissenschaftlichen Termini, die die verschiedenen Teile des Auges bezeichnen.« (*19. September 1855*) »Ich muß nach Rouen fahren, um mich über Arsenvergiftungen zu informieren.« (*5. Oktober 1855*)

Am 6. März 1855 schreibt Flaubert seinen letzten Brief an Louise Colet nach dreijähriger Korrespondenz, in der er sie ständig *pauvre cœur, mon pauvre cœur*, etc. genannt hat, als wollte er ihr die Nichtigkeit seiner Liebe bewußt und gleichzeitig die Nützlichkeit ihrer Funktion für das Schreiben seines Romans deutlich machen.

Am 1. Oktober wird in der von Maxime Du Camp geleiteten »Revue de Paris« die erste Fortsetzung von *Madame Bovary* veröffentlicht. Louise, die nie eine Zeile des Manuskripts hatte lesen dürfen, das er seinen mehr oder weniger vertrauten Freunden hingegen laut vorlas, bekommt es erst gedruckt zu sehen, nachdem jede Beziehung zwischen ihr und dem »Maestro« durch seine Entscheidung schroff abgebrochen ist.

»Madame. Ich habe erfahren, daß Sie sich gestern abend dreimal die Mühe gemacht haben, mich aufzusuchen. Ich war nicht da. Und in der Furcht vor den verheerenden Reaktionen, die eine solche Hartnäckigkeit Ihrerseits Ihnen von meiner Seite eintragen könnte, verpflichtet mich der Anstand, Ihnen vorsorglich mitzuteilen: daß ich niemals dasein werde. Ich habe die Ehre. G. F.« (*6. März 1855*)

Aber es gibt noch einiges zur Mutter-Tochter-Beziehung zu sagen, wie Flaubert sie sieht. Eine Beziehung, die auf die für Flaubert sehr viel wichtigere zwischen Mutter und Sohn hindeutet.

Emma Bovary ist für den Autor eindeutig eine schlechte Mutter. Und um uns das vorzuführen, entwirft er genaue Szenen von großer erzählerischer Grausamkeit. Von der ersten Ablehnung gleich nach der Entbindung, als ihr gesagt wird, es sei ein Mädchen, bis zur Übergabe des Säuglings an eine Amme, die in einer elenden, schmutzigen Hütte lebt; von dem Moment an, als ihr das Kind bei ihrem Besuch dort den Kragen vollsabbert und sie sich ärgerlich entfernt, bis zu dem Augenblick, als sie die Amme, die sie um weiteres Geld bittet, weil es für das Mädchen und das andere skrofulöse Kind nicht reicht, mit einem ungeduldigen und angewiderten »Gut, gut« loszuwerden versucht.

Vom Vater gehätschelt, aber nicht von der Mutter,

wächst das Mädchen heran. Als es sich noch kaum auf den wackligen Beinchen halten kann, erleben wir die peinvolle Szene mit dem Stoß, durch den es gegen einen Kommodenbeschlag geschleudert wird und sich die Backe verletzt. Dann betrachtet die Mutter ihre Tochter, als sie schläft, nachdem der Vater ihr das tränen- und blutverschmierte Gesicht behandelt hat, und denkt: »Wie häßlich dieses Kind ist!«

An einer Stelle im Tagebuch von Louise Colet finden wir 1842 eine Bemerkung über ihre Tochter, die sehr an diese Romanszene erinnert. Louise beobachtet ihre schlafende Tochter: »Der Charakter meiner Tochter zerreißt mir das Herz; sie hat das gleiche mißgünstige, gehässige und oberflächliche Wesen wie Hippolyte.«

Nichts ist wahrscheinlicher, als daß Louise dem »Maestro« wie gewöhnlich ihr *Memento* über die Tochter vorgelesen hatte. Und daß er es, die moralische durch eine ästhetische Bemerkung ersetzend, in den Roman übernommen hat. Das würde vollkommen zu seinem Charakter passen.

Zuletzt finden wir Emma auf dem Totenbett, wie sie ihre Tochter mit irrem Blick ansieht, so daß diese erschrickt. »Mama, warum hast du so große Augen?« Damit ich dich besser sehen kann, Kind! Gewiß liegt in diesem Blick keine Zuneigung und auch kein Bedauern, daß sie das Kind verläßt.

Zwar findet sich in den Briefen an Louise niemals ein Urteil von Gustave darüber, wie sie ihre Tochter erzieht. Flaubert zeigt sich sehr zurückhaltend gegenüber einer so komplizierten und engen Beziehung. Und doch kann man aus einigen – indirekten – Andeutungen herauslesen, daß er die Art, wie seine Geliebte Mutter ist, nicht positiv beurteilt. Nicht, weil Louise nicht liebevoll zu ihrer Tochter wäre, sie überhäuft sie mit Küssen und hat sie immer bei sich. Sondern gerade weil sie sie zur Zeugin all ihrer Liebesaffären macht.

Louise war aber nun einmal so, sie hatte vor niemandem Geheimnisse und schon gar nicht vor ihrer Tochter. Darin lag das Faszinierende ihres ungestümen und ehrlichen Charakters. Sie hatte eine große Freude daran, ihre Zuneigungen, Eifersüchte, Qualen und Sorgen öffentlich auszubreiten.

Zurückhaltende und um sich selbst besorgte Männer wie der Philosoph Victor Cousin und Flaubert litten sicher unter Louises Öffentlichkeitsdrang, obwohl sie von ihrer Überschwenglichkeit und Offenherzigkeit gerade auch angezogen waren.

Louise war übrigens, wie aus ihren Tagebüchern hervorgeht, niemals ganz sicher, ob ihr Mann der Vater ihrer Tochter war, auch wenn sie oft Züge von ihm an ihr entdeckte. Jahrelang glaubte der Philosoph, es sei seine Tochter, obwohl Louise es ihm nie mit Sicherheit bestätigt hatte. »Ich weiß, Sie haben mir nie mit Gewißheit gesagt, daß Henriette meine Tochter ist, aber...«

Das heißt, sie gab die Ehrlichkeit auch dann nicht auf, wenn es nachteilig für sie war. Wahrscheinlich wußte sie es selbst nicht, vor allem zu Anfang. Als das Mädchen dann heranwuchs, fand sie die unverwechselbaren Züge der Schwäche ihres Ehemannes wieder. Gleichwohl entwickelte Victor Cousin eine solche

Zuneigung zu dem Mädchen, daß er ihr nach seinem Tode eine kleine Rente hinterließ. Was von einer sehr großen Offenheit der Ansichten zeugt, wenn wir die Bigotterie jener Zeit bedenken.

Das Seltsame ist, daß Flaubert Louise in seinen Briefen häufig drängt, den alten Philosophen zu heiraten. Sie könnten sich danach ja trotzdem weiter treffen. Aber damit sie versorgt sei, und zum Wohle des Kindes!

Jahre später ist es Victor Cousin, der Louise drängt, Gustave zu heiraten, »in Deinem Interesse« und »im Interesse Deiner Tochter«. Aber Flaubert lehnt auf ihre schüchternen Anfragen hin kategorisch ab, er sei nicht frei, er habe bereits große familiäre Verpflichtungen und könne es nicht.

In dieser Unsicherheit schreibt Louise ein sehr liebevolles Gedicht über ihre Tochter. »Dich immer bei mir zu haben, ist mein schönster Traum; / Die Wohnung ist erfüllt vom Lärm deiner Schritte; / Und nachts, wenn du schläfst, stehe ich auf, / Um dich zu betrachten in deinem Bettchen. / Auf dem Kissen neigt sich dein zarter Hals, / Auf der Decke ruht dein runder Arm, / Dein Gesichtchen lächelt auf dem weißen Laken, / Um deine Stirn schmiegt sich dein goldenes Haar.«

Gewiß ist das Gedicht literarisch gesehen mehr als konventionell, aber man spürt, daß es ehrlich und daß die Liebe zur Tochter echt ist. Nur macht man mit Ehrlichkeit allein noch keine guten Gedichte. »Ich stecke dir eine Blume in dein Engelshaar. / Du tanzt, du lachst, wir gehen zum Ball; / Und ich bin glücklich über jedes Lob, / Das man dir spendet im Vorübergehen.«

Für Flaubert war schlechte Literatur von schlechten Gefühlen nicht zu trennen. War er zu streng? Er hat nie etwas geschrieben, was sich auf seine Mutter bezog; vielleicht weil er fürchtete, die Kontrolle über den Stil zu verlieren. Natürlich handelte es sich um eine komplizierte, dornige Beziehung, die nicht frei war von gegenseitiger Tyrannei und Tortur.

»Meine Mutter erwartete mich an der Bahn«, schreibt Flaubert an Louise nach dem ersten Treffen mit ihr, das ihn drei Tage lang von Croisset ferngehalten hatte. »Sie hat geweint, als sie mich kommen sah. Du hast geweint, als Du mich gehen sahst. Das eben ist unser Elend, daß wir nicht weg können von einem Ort, ohne daß es auf beiden Seiten Tränen kostet!« (*4. / 5. August 1846*)

Und nochmals: »Meine Mutter war gestern und vorgestern in einem furchtbaren Zustand.« Es ist die Zeit, in der Gustave jede Ausrede recht ist, um zu Louise zu fahren. »Sie hatte Todeshalluzinationen. Ich habe meine Zeit bei ihr zugebracht.« (*8. /9. August 1846*)

»Fortwährend erzählst Du mir von Deinen Schmerzen [...]«, schreibt Flaubert an Louise am 23. August 1846. »Doch ich sehe einen anderen Schmerz, einen Schmerz, der hier an meiner Seite ist und sich nie beklagt, der sogar lächelt, und dem gegenüber Deiner, so übermäßig er auch sein mag, nie mehr sein wird als ein Stich gegen eine Verbrennung, ein Krampf gegen eine Agonie. Das ist der Schraubstock, in dem ich stecke.

Die beiden Frauen, die ich am meisten liebe, haben mir ein Zaumzeug mit doppelter Führung durchs Herz gezogen, an dem sie mich halten. Sie ziehen abwechselnd mit der Liebe und mit dem Schmerz.«

Auf Louises Proteste hin, ein Mann könne nicht sein ganzes Leben lang bei seiner Mutter bleiben, antwortet er kurz und knapp: »Mein Leben ist an ein anderes gekettet, und das wird so sein, solange jenes andere dauert. Meeresalge, sturmgepeitscht, habe ich keinen anderen Halt am Felsen [...] Einmal zerrissen, wohin fliegt sie dann, die nutzlose arme Pflanze?« (*27. oder 28. August 1846*)

Louise reagiert mit dem Vorwurf, er verstecke sich hinter den Rockschößen seiner Mama »wie eine Jungfrau«. »Du hast geglaubt, meine Eitelkeit an der empfindlichsten Stelle zu treffen«, antwortet er ihr in aller Ruhe, »wenn Du mir sagst: ›Du bist also behütet wie ein junges Mädchen?‹ Vor fünf oder sechs Jahren hätte ich mich umgebracht, um die Wirkung dieses Satzes auf mich auszulöschen. Doch er ist über mich hinweggeglitten wie Wasser über einen Schwanenhals. In keiner Weise hat er mich gedemütigt. Glaubst Du, für mich, nur für mich, für mich als Mann wäre es nicht köstlich, Dich hier zu empfangen? Was würde ich riskieren, nichts, absolut nichts. Meine Mutter würde es zur Kenntnis nehmen, ohne ein Wort darüber zu verlieren; ich kenne sie. Sie könnte eifersüchtig auf Dich sein (wenn Deine Tochter achtzehn ist, wirst Du wissen, daß man auf sein Kind eifersüchtig sein kann, und Du wirst ihren Mann hassen; das ist die Regel), aber dabei würde es bleiben.« (*5. September 1846*)

Mit diesen Worten bestätigt Flaubert Louises Vorwurf: Er selbst vergleicht sich mit einem heiratsfähigen achtzehnjährigen Mädchen, obwohl er bereits fünfundzwanzig ist und nicht darauf wartet zu heiraten.

»Um Deinetwillen habe ich Dich gebeten, nicht zu kommen. Um Deines Namens willen, Deiner Ehre, um Dich nicht von den banalen Scherzen des Erstbesten besudelt zu sehen, damit Du nicht erröten mußt vor den Zöllnern, die an der Stadtmauer auf und ab gehen, damit Dir nicht ein Diener ins Gesicht grinst! Doch Du hast nichts begriffen! nein! nichts!« schreibt er ihr im selben Brief vom 5. September 1846. Aber wie wir dann in anderen Briefen entdecken, stimmt es nicht, daß er um sie besorgt ist. Und es stimmt auch nicht, daß seine Mutter nicht eifersüchtig ist oder, zumindest, daß er keine Angst hat, die Eifersucht seiner Mutter zu erregen. Er hat schreckliche Angst davor.

»Ich habe mir eine kleine Geschichte zurechtgelegt, die meine Mutter geglaubt hat, aber die arme Frau ist gestern sehr beunruhigt gewesen. Um 11 Uhr ist sie an die Bahn gekommen; sie hat die Nacht ohne Schlaf verbracht, mit quälenden Sorgen. Heute morgen habe ich sie in einem Zustand äußerster Bangigkeit am Bahnsteig angetroffen. Sie hat mir nicht das geringste vorgeworfen, aber ihr Gesicht war der größte aller Vorwürfe, den man machen kann.« (*10. September 1846*) Und das, weil der Sohn Gustave eine Nacht mit seiner Geliebten in Mantes verbracht hatte.

»Gestern war meine Mutter, als ich meine Toilette machte, bei mir im Zimmer [...] Man bringt mir Deinen Brief. Sie nimmt ihn, betrachtet die Schrift, und sagt, halb im Scherz [...]: ›Ich wüßte doch zu gerne, was da drin ist.‹ Ich habe mit einem ziemlich albernen Lachen geantwortet, das lustig klingen sollte, um ihr alle ernsthaften Vermutungen auszutreiben. Ich weiß nicht, ob sie irgend etwas ahnt. Es kann schon sein, die Regelmäßigkeit des Briefträgers grenzt an Wunder.« (*13. September 1846*)

Dabei ist gerade der »wunderbare Briefträger« der unfreiwillige Komplize eines Betrugs, der jahrelang dauern wird: Damit die Mutter keinen Verdacht schöpft, nötigt Gustave Louise, ihre Briefe an Maxime Du Camp zu adressieren, der sie dann in einem neuen Umschlag nach Croisset schickt, als wäre er der Absender.

»Komm nie hierher«, befiehlt Gustave Louise, »wir könnten uns hier, topographisch gesprochen, unmöglich vereinigen. Ich weiß wohl, daß es nicht der Gedanke der Vereinigung ist, der Dich drängt, aber das ist schließlich immer ein mehr als beiläufiges Hors d'œuvre, das jedes Seelenfest beleben wird. Es wäre besser, Du bliebest in Rouen. Du würdest morgens ankommen, nachdem Du mich am Abend zuvor benachrichtigt hättest. Ich würde irgendwelche Besorgungen vorgeben und wäre gegen sechs Uhr hier zurück.« (*14. September 1846*)

Und auf ihre beharrlichen Fragen, wann sie zusammen verreisen könnten, antwortet Flaubert: »Ah! wenn wir frei wären, würden wir zusammen reisen. Das ist ein Traum, den ich oft geträumt habe.« (*17. September 1846*)

Aber es handelt sich um einen rein theoretischen Wunsch, denn Reisen plant und unternimmt er viele, in Frankreich wie in England, in Afrika wie in Asien, aber er hat nie das Bedürfnis empfunden, Louise einzuladen, nicht ein einziges Mal.

»Meine Mutter braucht mich«, ist die häufigste Antwort, auch wenn sie nur darum bittet, er solle nach Paris kommen. »Die geringste Abwesenheit tut ihr weh. Ihr Schmerz erlegt mir tausend unvorstellbare Tyranneien auf. Was für andere bedeutungslos wäre, macht mir viel aus. Ich kann nicht jemanden, der mich mit traurigem Gesicht und Tränen in den Augen anfleht, zum Teufel jagen.« (*30. September 1846*)

Und dabei hat Louise ihn so oft mit »traurigem Gesicht und Tränen in den Augen« angefleht, daß er zu ihr käme oder sie sich anderswo träfen, aber er hat es immer fertiggebracht, sie seelenruhig »zum Teufel zu jagen«.

»Ich bin schwach wie ein Kind, und ich gebe nach, weil ich sie nicht mag, die Vorwürfe, die inständigen Bitten, die Seufzer. Letztes Jahr zum Beispiel ging ich jeden Tag segeln. Ich setzte mich dabei keinerlei Gefahr aus, denn abgesehen von meinem Seefahrertalent bin ich ein recht bemerkenswerter Schwimmer. Na gut, dieses Jahr ist ihr nun die Idee gekommen, sich Sorgen zu machen. Sie hat nicht von mir verlangt, diese sportliche Betätigung aufzugeben, die für mich, und das gerade bei den hohen Wasserständen wie im Augenblick, voller Reize ist; ich schneide die Welle, die mich durchnäßt, indem ich mich weit über Bord lehne, ich lasse den Wind, der in fröhlichen Böen rauscht und pfeift, mein Segel blähen, ich bin allein, ohne zu sprechen, ohne zu denken, den Kräften der Natur ausgesetzt und genieße es, mich von ihr beherrscht zu fühlen. Nichts hat sie darüber zu mir gesagt, ich wiederhole es. Trotzdem habe ich meine ganze Ausrüstung auf den Boden gebracht, und es gibt keinen Tag, an dem ich nicht Lust hätte, sie wieder herunterzuholen. Ich tue nichts dergleichen, nur um gewisse Anspielungen, gewisse Blicke zu vermeiden, das ist alles. Ebenso habe ich zehn Jahre lang das Schreiben geheimgehalten, um mir ein mögliches Gespött zu ersparen.« (*30. September 1846*)

Flaubert sagt nicht, daß seine Mutter fürchtete, er könne auf dem Meer einen epileptischen Anfall bekommen. Trotzdem ist diese wortlose Tyrannei, die aus Blicken, unterdrückten Tränen, kaum ausgesprochenen Anspielungen und stillschweigenden Zugeständnissen besteht, merkwürdig. Und noch merkwürdiger ist, daß sich der junge Gustave bei seiner heimlichen Flucht aus dieser Tyrannei eine andere, ganz ähnliche sucht, wenn auch mit entgegengesetztem Vorzeichen.

»Ich müßte einen Vorwand haben, um nach Paris zu fahren, und welchen? Bei der nächsten Reise einen zweiten, und so fort. Da sie außer mir niemanden mehr hat, der sie ans Leben fesselt, ist meine Mutter den ganzen Tag dabei, sich den Kopf darüber zu zerbrechen, welche Kalamitäten und Unfälle mich ereilen könnten.« (*30. September 1846*)

»Heute abend habe ich einige Schwierigkeiten gehabt, mich wegzustehlen, meine Mutter ist krank, und ich habe mich unter dem Vorwand, eine halbe Stunde bei Maxime zu verbringen, aus dem Staube gemacht.« (*29. September 1846*)

Ähneln diese Ausflüchte nicht denen, die manche ein wenig über die Stränge schlagenden Ehemänner erfinden, um den Argwohn einer eifersüchtigen und aufdringlichen Ehefrau abzuwenden, der sie eine neue Geliebte verheimlichen wollen?

Die Beziehung zwischen Mutter und Sohn im Hause Flaubert ist nicht ganz einfach und auch nicht gerade durchsichtig mit ihren ständigen stillschweigenden Erpressungen, mitleidigen Lügen, subtilen Eifersüchteleien, großartigen Verzichtleistungen, Übertreibungen, Ängsten und unterschwelligen Animositäten. Und doch entsteht aus vielen Briefen der Eindruck, als mache Flaubert sowohl Louise als auch vor allem Emma den Vorwurf, daß sie nicht so sind wie seine Mutter, die sehr heroische Madame Anne Justine Caroline Flériot, verheiratete Flaubert.

Die eine wie die andere sind Mütter, die nicht imstande sind zu warten, zu dulden, lächelnd zu schweigen, etwas hinzunehmen, ohne zu tadeln, und sich aufzuopfern, ohne etwas dafür zu verlangen. Als ob die tyrannische und ergebene, verzweifelte und besitzergreifende, stillschweigende und erpresserische Mutterschaft die einzig mögliche wäre, die einzige, die die »ewige« Liebe des Sohnes zu gewinnen vermag.

Und die Vaterschaft? Welchen Platz hatte sie in der Familie? In allen Geschichten Flauberts sind die Mütter präsenter, stärker, entschiedener als die Väter. Diese verhalten sich entweder wie ewige Kinder, oder sie stehen abseits als Zuschauer und wagen nicht einzugreifen.

Sicher hatte der junge Flaubert einen Horror vor der Vaterschaft. Es gehört zu dem, was ihn in seiner Beziehung zu Louise am meisten schreckt. Und es ist sonderbar, daß es in *Madame Bovary* nicht den geringsten Hinweis darauf gibt, wie Emma in ihren heimlichen Beziehungen die Schwangerschaften zu vermeiden sucht.

Wie oft fragt Gustave Louise, ob »die Engländer gelandet sind« (die englischen Soldaten trugen rote Jacken), die Metapher ist sehr hübsch, und Flaubert verwendet sie oft. »Ich verhehle Dir nicht, daß das Eintreffen der Engländer mir eine große Freude war. Möge der Gott des Beischlafs dafür sorgen, daß ich nie wieder solche Ängste auszustehen habe. Ich weiß nicht, warum mich das nicht krank gemacht hat, wie man so sagt. Ich habe Blut und Wasser geschwitzt, während ich Dein Blut herbeisehnte.« (*16. Dezember 1852*)

Und als Louise vorsichtig von einem eventuellen gemeinsamen Kind spricht, schreibt er ihr schroff: »Die Vorstellung, jemanden in die Welt zu setzen, ist mir ein Graus. Ich würde mich verfluchen, wenn ich Vater würde. Ein Sohn von mir, oh nein, nein, nein! möge mein Fleisch ganz vergehen, daß ich nur auf niemanden die Widerwärtigkeit und die Schmach des Daseins übertrage. Mein ganzes inneres Anstandsgefühl empört sich gegen diese Möglichkeit, und dann und dann...« (*11. Dezember 1852*)

Seine Angst übertrifft die eines alleinlebenden Mannes, der nicht viel Geld hat, sich seiner Arbeit widmen will und keine Lust hat, eine Familie zu gründen. Es ist ein Schrecken, der weit über diese vernünftigen Sorgen hinausgeht. Als ob in jenem Haus in Croisset das Zeugungsprinzip ein für allemal festgelegt wäre und man es nicht ohne schlimme Folgen durcheinanderbringen könnte. Eine Mutter ist für immer eine Mutter, und ein Sohn ist für immer ein Sohn. Würde er selber Vater, würde er die Richtung der Gefühle verändern, ein heikles und kostbares Gleichgewicht zerstören und sich ins Reich des Unnatürlichen und Katastrophalen hineinbegeben.

Aber es gibt auch, wenn man es recht bedenkt, einen Selbsthaß, eine tiefe, eingefleischte Selbstverachtung, die die andere Seite eines infantilen Omnipotenzwahns ist.

Die große Darstellung von Emma Bovarys Agonie ist noch nicht zu Ende. Jetzt trifft im Zimmer der Sterbenden der berühmte Arzt Canivet ein, der ihr als erstes ein starkes Brechmittel verabreicht. Und obwohl sie schon halb tot ist, muß Emma, die Ärmste, sich noch die Seele aus dem Leib kotzen. »Ihre Gliedmaßen krümmten sich. Ihr Körper war bedeckt mit braunen Flecken, und ihr Puls fühlte sich an wie ein straff gespannter Faden, wie eine Harfensaite, die am Zerreißen ist.«

Dann beginnt sie »gräßlich zu schreien«. Sie verflucht das Gift, fleht es an, sich zu beeilen, und »stieß mit ihren halb erstarrten Armen alles zurück, was ihr Charles, der in größerer Todesangst schwebte als sie, einzuflößen suchte«.

Ein weiterer Arzt trifft ein, der hochangesehene Doktor Larivière, vor dem sich Homais schon ehrfurchtsvoll verbeugt, bevor er überhaupt erscheint. Dem Arzt genügt ein Blick, um festzustellen, daß das

Gift seine Wirkung getan hat und nun nichts mehr zu machen ist. *»Du courage!«* sagt er, zu dem armen Charles gewandt, so wie Rodolphe es zu Emma gesagt hatte, als er sie am Tag der geplanten gemeinsamen Flucht feige verließ.

»Du courage!« schreibt auch Maxime Du Camp, um Louise Colet zu trösten, als Gustave beschließt, ohne sie in den Orient zu reisen.

Bei Emma jedoch begibt sich die große Leuchte der Medizin nach ein paar Worten des Trostes für den armen Charles ins Haus von Homais, der »sich nun einmal nicht leicht von berühmten Leuten trennen« kann und ein leckeres Mahl für ihn vorbereitet hat, mit Speisen aus dem Restaurant »Goldener Löwe«.

Und während Emma im Nachbarhaus stirbt, schlägt sich im Hause Homais der große Professor Larivière mit geschmortem Kaninchen, Pommes frites und neuem Wein den Bauch voll.

Sartre deutet an, daß die Beschreibung des Professors Larivière in Wirklichkeit ein Porträt des Vaters ist, des hochgeachteten Doktors Achille-Cléophas Flaubert, der seinen Sohn zum Jurastudium hatte zwingen wollen, weshalb der Junge, um dem zu entgehen, sich eine schreckliche Krankheit »aussuchte«, die Epilepsie.

Aber das Schauspiel des Todes ist noch nicht vorbei. Flaubert denkt gar nicht daran, es so schnell zum Abschluß zu bringen. Wie bei manchen Konzerten unbekannter Komponisten, wenn man denkt: Jetzt, mit dem Anlauf, den die Musik nimmt, mit dem weiten Ausholen, dem beschleunigten Rhythmus der Becken und dem Schlußcharakter der Melodie nähern wir uns dem Ende, und während wir uns schon anschicken zu klatschen, bricht die Spannung plötzlich in sich zusammen, und die Musik beginnt von neuem mit ihrem Pianissimo, Crescendo, Andante und Adagio.

Emmas »Augen standen unnatürlich weit offen, und ihre armen Hände tasteten über das Bettuch hin mit jener schauerlich sanften Bewegung der Sterbenden, die aussieht, als wollten sie sich selber schon mit dem Leichentuch bedecken«.

Schließlich erscheint, von irgendwem gerufen, der Priester zur letzten Ölung. Es ist der Augenblick, in dem Flauberts Blick zum letztenmal über den Körper seiner Heldin streift: Der Priester »tauchte seinen rechten Daumen in das Öl und begann die heilige Handlung. Zuerst salbte er die Augen, die so begehrlich nach allen Herrlichkeiten der Welt geschaut hatten; dann die Nasenflügel, die so gern die lauen Lüfte und die Düfte der Liebe eingesogen; dann den Mund, der sich so oft zu Lügen aufgetan, in Hoffart gezuckt und in Wollust gestöhnt hatte; dann die Hände, die sich an zarten Berührungen gelabt, und endlich die Sohlen der Füße, die einst so flink gelaufen waren, wenn es galt, ihr Verlangen zu stillen, und die nun keinen Schritt mehr tun sollten«.

Diese Szene wurde von der Zensur am meisten unter Beschuß genommen und beanstandet, weil sie etwas so Heiliges wie die letzte Ölung entweihe. Gewiß ist diese Szene grausam, aber nicht blasphemisch. Allenfalls erinnert sie an das Bild eines noch lebendigen Körpers in den Fängen des Todes, an einen Mord. Die Ermordung der Person durch den Autor, ausgeführt mit der verzweifelten Freude einer qualvollen, tiefsitzenden alten Rache. So qualvoll, daß sie den Eindruck vermittelt, als habe der Autor damit zugleich einen Teil von sich selber getötet, vielleicht den, an dem er letzten Endes am meisten hing, auch wenn er ihn keineswegs liebte.

Einige Jahre früher hatte ein Ereignis, über das alle Zeitungen schrieben, Flaubert sehr betroffen gemacht: Der Herzog von Praslin hatte am 17. August 1847 seine Frau ermordet. Eine Woche später hatte er Selbstmord mit Arsen begangen.

Im September schickt Louise ihm die von einer Zeitung veröffentlichten Briefe der Herzogin von Praslin zum Lesen.

Flaubert antwortet: »Ich werde sie lesen, die Briefe von Madame de Praslin. Das Wenige, was ich davon weiß, kommt mir spannend vor. Etwas ist mir dabei aufgefallen, daß nämlich diese Briefe mich stellenweise an die Färbung der Deinen erinnern. Du wirst lachen, aber diese Übereinstimmung, wie verrückt sie auch sein mag, ist mir durch ihre Richtigkeit in die Augen gesprungen. Hoffen wir, daß die Übereinstimmung nicht weiter geht und ich dich nie ermorde! Aber wer weiß! Was tut's, das wäre lustig.« (*17. September 1847*)

Und als Louise ihm schrieb, sie habe sich aus der Kutsche fallen lassen, um nicht Mussets Angriffe erdulden zu müssen, hatte er sich da nicht auch vorgestellt, sie liege tot auf der Straße, den Kopf von den Hufen der Pferde zerschmettert?

Wer weiß, ob Emma Bovarys Tod nicht in gewisser

Weise die Ausführung des Verbrechens darstellt, das sich so lange in Gustave Flauberts Phantasie angestaut hatte.

In Emmas Zimmer kann sich der Tod nicht entscheiden, ihr die Augen zu schließen. Madame Bovarys Gesicht, schreibt Flaubert, »hatte den Ausdruck stiller Heiterkeit angenommen, als habe das Sakrament sie wieder gesund gemacht«. Tatsächlich beginnt Charles zu glauben, daß sie es am Ende vielleicht doch schafft.

Wie um ihm Recht zu geben, bittet Emma mit schwacher Stimme um einen Spiegel. Und als sie ihn in den Händen hält, blickt sie eine Weile verblüfft und wie gebannt hinein, bis dicke Tränen auf die glatte Glasfläche tropfen. »Danach warf sie den Kopf zurück, stieß einen Seufzer aus und sank wieder in die Kissen.«

Jetzt geht es offenbar wirklich zu Ende. Doch es handelt sich abermals um einen Scheinschluß. Flauberts Blick läßt nicht ab von Emmas sterbendem Körper, er gewährt ihr nicht die Gnade, in Ruhe die letzten Seufzer zu tun.

Gleich darauf werden wir informiert, daß ihr Atem

keuchend wird, daß ihre Zunge »ganz aus dem Mund heraus« hängt, daß die Augen in den Höhlen rollen und erbleichen »wie zwei erlöschende Lampenkugeln«, und »je stärker das Röcheln wurde, um so mehr beschleunigte der Priester seine Gebete. Sie mischten sich mit dem erstickten Schluchzen Bovarys«.

Plötzlich übertönt ein Klappern von Holzschuhen auf der Straße, begleitet vom rhythmischen Aufstoßen eines Stockes, alle anderen Geräusche. Eine Stimme erhebt sich, eine rauhe Stimme, und singt: *»Souvent la chaleur d'un beau jour ...«*

Emma richtet sich auf »wie ein Leichnam, den man galvanisiert. Das Haar hing ihr wirr um die Schultern, ihre Augen waren starr, ihr Mund stand weit offen«.

Es ist der Blinde, dessen Singen sie manchmal auf dem Weg zu ihrem Ehebruch mit leichter Bestürzung gehört hatte. Und jetzt erscheint der Blinde an ihrem Bett wie zu einem Stelldichein mit dem Entsetzlichen. Sie, die schöne Männer über alles liebte, wird im Augenblick des Todes von einer männlichen Maske mit blutigem Hohn gegrüßt.

»Der Blinde!« schreit Emma. »Sie brach in Lachen aus, ein wildes, verzweifeltes Lachen, denn sie glaubte das gräßliche Gesicht des Unglücklichen vor sich auftauchen zu sehen, wie ein Schreckgespenst aus der ewigen Finsternis.«

»Ein letzter Krampf warf sie auf das Bett zurück. Alle traten hinzu. Sie war nicht mehr.«

Diese Szene mit dem Blinden sprengt eindeutig den Rahmen des Buches, den klaren, knappen Stil, den gedrängten Erzählrhythmus. Es ist ein Zusatz von übertriebenem Romantizismus. Eine kleine Prise »schlechten Geschmacks«, wie Flaubert sie bei seiner Freundin Louise scharf getadelt hätte als unzulässigen Eingriff der Rhetorik ins Geschehen, des Symbols in den Gegenstand. Ein Absturz in die Plattheit einer allzu betonten, wiederholten, symbolischen Bestrafung.

Der Leser atmet jedenfalls erleichtert auf. Das Schauspiel des Todeskampfes ist endlich zu Ende. Jetzt, so hoffen wir, haben wir die grauenhaften Beschreibungen hinter uns.

Doch der Autor ist anderer Ansicht und will mit dem abrechnen, was von Madame Bovary noch übrig ist, ihrem leblosen, aber noch immer vom Zauber ihrer Schönheit umhüllten Körper, ein trügerisches und perverses Bild, dessen Verunstaltung bis ins letzte vollzogen werden muß.

Emma wird auf Charles' Wunsch als Braut gekleidet, weiß »wie Mondschein«, trotz der Einwände Homais', der dies für »ein wenig übertrieben« hält. Aber dieses eine Mal setzt Charles sich durch. Er wird seine tote Frau nicht nur als Braut kleiden, sondern ihr auch die eleganten Schühchen anziehen, die sie bei dem Marquis d'Andervilliers getragen hatte, und ihr dazu noch einen Blumenkranz auf den Kopf setzen. Die Fetischobjekte sollen mit dem Körper der Geliebten begraben werden.

Madame Lefrançois und Madame Bovary treten an die Tote heran, um sie anzukleiden. »Sehen Sie nur, wie schön sie noch ist, als ob sie gleich aufstehen würde.«

Madame Lefrançois beugt sich über sie, um der Toten den Kopf etwas hochzuheben. Und bei dieser Bewegung quillt ihr ein Schwall schwarzen Blutes aus dem Mund, »als erbräche sie sich«.

Die Lust am Grausigen führt unserem Autor die Hand. Die tote Emma, die noch so frisch aussah, als müßte sie gleich wieder aufstehen, soll uns in der Abscheulichkeit der körperlichen Verwesung erscheinen. Seht ihr, was dem widerfährt, der die Freuden der Sinne einer züchtigeren Keuschheit vorzieht? Das kann jede unruhige und mit ihrem Ehemann unzufriedene Frau, der dieses Buch in die Hände fällt, abschrecken. Und darauf setzt auch die Verteidigung des Romans bei dem berühmten Prozeß.

Unterdessen treffen die Verwandten und Freunde ein, um die Totenwache zu halten. Sie diskutieren über Religion, Politik, essen und trinken und schlafen fest ein.

Nur Charles bleibt wach. Auf Zehenspitzen betritt er den Aufbahrungsraum, nähert sich dem Körper seiner Frau, von dem er unwiderstehlich angezogen ist. »Das Wachs der Kerzen tropfte in großen Tränen auf das Bettuch.«

Charles hebt mit zwei Fingern vorsichtig den Schleier und stößt einen Schrei des Entsetzens aus. Emma ist nicht mehr heiter, wie er sie vorher gesehen hatte, nicht mehr entspannt. Ihr Gesicht trägt den Stempel des schrecklichen Todes, den sie gestorben ist, und des letzten teuflischen Lachens, das sie geschüttelt hat, bevor ihr Herz stehenblieb.

»Ihr Mund stand offen und sah aus wie ein schwarzes Loch in der unteren Gesichtshälfte [...] Etwas wie weißer Staub lag auf ihren Wimpern, und die Augen begannen schon hinter einem blassen, schleimigen Belag zu verschwinden, der einem dünnen Gewebe glich, als hätten Spinnen ihr Netz darüber gesponnen.«

Benommen wird Doktor Bovary von den mitleidigen Freunden fortgebracht, weg von dem Leichnam. Aber er kehrt noch ein zweites Mal zurück, schreit und sagt, er lasse sie erst dann in den Sarg einschließen, wenn man ihr eine Haarsträhne abschneide, die er als Erinnerung behalten könne.

Félicité, das Dienstmädchen, nähert sich der Leiche ihrer Herrin, wagt aber vor Schmerz und Leid nicht, sie zu berühren. Da reißt Homais ihr die Schere aus der Hand und tritt entschlossen an die Leiche heran.

Aber »er zitterte so heftig, daß er die Haut an der Schläfe an mehreren Stellen ritzte. Endlich raffte er sich zusammen und schnitt blindlings zwei-, dreimal zu. Es entstanden ein paar bleiche kahle Stellen mitten in dem schönen schwarzen Haar.«

Und damit haben wir der letzten Schändung von Emmas Körper beigewohnt, ihrem häßlich gewordenen, durch die Agonie und das Gift tödlich geschwächten, blutenden Körper mit einem Loch anstelle des Mundes, den durch die Schere verletzten Schläfen, den durch das Drauflosschneiden übel zugerichteten Haaren und den offenen, von weißlichen »Spinnweben« überzogenen Augen.

Es folgen noch zwei Kapitel, die die Zeit »nach Emma« betreffen. Und nachdem die Pflicht zur exemplarischen Bestrafung der Ehebrecherin bis ins letzte erfüllt worden ist, wird der Ton wieder sanft, poetisch und wunderschön.

Charles muß sich mit den Gläubigern herumschlagen, verarmt in einem Haus ohne Möbel, ohne Essen, allein mit der kleinen in Lumpen gekleideten Berthe.

Wir haben ihn als Jungen getroffen, den Doktor Bovary, als er in eine Klasse mit lauter Lausbuben kam, ohne selber einer zu sein. Wir erinnern uns an seine Unbeholfenheit, die durch die kostbare und zugleich gewöhnliche Mütze offenbar wird: »Es war dies eine jener nicht näher zu bezeichnenden Kopfbedeckungen, die aus den verschiedenartigsten Elementen zusammengebaut sind, eine Mischung aus Bärenmütze, Tschapka, Filzhut, Pelzbarett und Zipfelmütze, kurz, eines jener bedauernswerten Dinge, deren stumme Häßlichkeit einen so unergründlich anblickt wie das Gesicht eines Idioten.«

Wir finden ihn wieder, erwachsen, dem Tod nah, den er selber suchen wird, aber auf sanfte Weise, so wie sein ganzes Leben sanft und scheu gewesen ist.

Kann es nicht sein, daß diese Gewöhnlichkeit, die alle ihm vorwerfen, nur der Ausdruck einer dickköpfigen, zurückhaltenden Treue zu seinem eigenen Charakter ist, dem Charakter eines trägen, freundlichen, verängstigten Mannes, der gern seine Ruhe haben möchte?

Seine Liebe zu seiner Frau erscheint uns als das, wogegen Flaubert am wenigsten zu Felde zu ziehen vermag. Aber damit ist noch lange nicht gesagt, daß er unsere Liebe zu dieser Person wecken will. Und doch hat Charles etwas an sich, das Flaubert nicht zu verspotten vermag. Wir meinen seine wirklich seltene Fähigkeit zu lieben, ohne eine Gegenleistung zu verlangen. Eine Liebe, die nicht, wie Emma glaubt, eine Kapitulation ist, sondern ein religiöses Gefühl.

Wir könnten uns nun fragen: Welche Beziehung besteht zwischen Flaubert und Charles Bovary? Vielleicht läßt sie sich nur mit einem einzigen Wort bezeichnen: Ambiguität. Durch das Urteil seiner Zeitgenossen, der Bürger von Yonville und Rouen, führt er ihn uns einerseits als einen trägen, schmutzigen und plumpen Menschen vor, der wegen seiner Einfältigkeit verdient, betrogen zu werden, ein ahnungsloser Provinzler, kurz, ein hoffnungsloser Trottel.

Andererseits jedoch gibt es eine von heimlicher Sympathie durchzogene Toleranz für das, was man Charles' schlichtes Gemüt, sein »einfaches Herz« nennen kann. (Erinnern wir uns, daß *Un cœur simple* [Ein einfaches Herz], der Titel einer der schönsten Erzählungen Flauberts ist, das feine, klare, freundliche Porträt der Magd, die ihn jahrelang versorgt und geliebt hat. Als ob in dieser Einfachheit ein Teil von des Autors eigenem Charakter verborgen wäre, ein Teil jedoch, dessen er sich schämte und von dem er träumte.)

Wir brauchen ihm nur durch die letzten beiden Romankapitel zu folgen, nachdem die Aufmerksamkeit von der alles ausfüllenden, egozentrischen Protagonistin Emma Bovary abgewendet ist. Solange sie die Szene besetzt, ist es schwer, die anderen wahrzunehmen.

Der Autor verfolgt jetzt mit müdem und nachsichtigem Blick die Träume, die Charles mit offenen Augen träumt. Und diesmal verachtet er sie nicht, denn wenn sie auch, wie die von Emma, noch so abstrakt sind, so haben sie doch den großen Vorzug, nicht durch Literatur inspiriert zu sein.

Während Homais immer vulgärer, täglich anmaßender und arroganter, ruhmsüchtiger und hochmütiger wird, weckt Charles Bovary in seiner Art, sich der Einsamkeit und dem Schmerz zu überlassen, etwas wie »besorgte Zärtlichkeit« beim Autor und folglich auch beim Leser.

Nicht einmal die kleine Berthe, die doch immerhin allein und ohne einen Pfennig Geld zurückbleibt, erntet von Flaubert mehr als konventionelles Mitleid. Sie verliert beide Eltern, kommt erst zur Großmutter und nach deren Tod zu einer Tante, die sie nicht ernähren kann und sie als Arbeiterin in eine Spinnerei schickt. Aber dieser gesellschaftliche »Abstieg« wird uns nur gerade eben mitgeteilt, ohne jede Anteilnahme.

Dagegen werden die Ereignisse im letzten halben Jahr von Charles Bovary mit Zuneigung und Verständnis verfolgt. Charles stirbt in der Tat im wörtlichen Sinn an seiner Liebe mit einer Haarlocke seiner Frau in der Hand, nachdem er die Briefe von Léon und Rodolphe an Emma gelesen hat.

Rodolphe hat er kurz nach Emmas Tod auf dem Markt in Argueil getroffen, wo er seine Stute verkaufen wollte, das letzte, was er noch besaß.

»Als sie einander sahen, wurden sie beide blaß. Rodolphe, der bei Emmas Tod nur seine Visitenkarte geschickt hatte, stotterte zunächst ein paar Entschuldigungen, faßte sich aber dann und hatte sogar die Unverfrorenheit, da es ein heißer Augusttag war, Charles zu einer Flasche Bier in der nächsten Schenke einzuladen.«

Der schüchterne, sanfte Charles hat nicht den Mut, es ihm abzuschlagen. Aber es ist nicht nur seine Schwäche, es ist auch das Feingefühl, ihn nicht mit einer Ablehnung kränken zu wollen.

»Beide Ellbogen auf die Tischplatte gestützt, die Zigarre zwischen den Zähnen, plauderte Rodolphe von dem und jenem, während sich Charles beim Anblick dieses Gesichts, daß sie geliebt hatte, in Träumereien verlor. Es war ihm, als sähe er ein Stück von ihr wieder. Das war so seltsam. Er hätte der andere sein mögen.«

Wie tief reicht Flauberts Intuition, wie weit geht er über den Hokuspokus der üblichen psychologischen Gesetzmäßigkeiten hinaus, um uns das Unsagbare zu sagen. Ein Mann, der keine Eifersucht kennt, obwohl er intensiv geliebt hat, ist unsensibel oder dumm, hätten die Bürger von Rouen gesagt, und nicht nur damals.

Und doch erreicht Charles Bovary, der plumpe, besiegte, betrogene, zum »Trottel« gemachte Mann, der unfähig zu allem außer zur reinen Liebe ist, durch die Intuition der Liebe etwas sehr Seltenes und Modernes, nämlich die Achtung vor dem anderen, und zwar durch den bloßen Wunsch nach Wirklichkeit.

Zu wollen, daß der geliebte Mensch er selber bleibt, mit all seinen Schwächen und Eigenheiten, auch wenn sie Schmerz bereiten, nicht den Anspruch zu erheben, ihn zu ändern, sondern ihn zu akzeptieren mit all seinen Verdrehtheiten, jenseits aller traditionellen Besitzansprüche, das gehört zur Vorstellungswelt der Zukunft.

Da sehen wir sie einander gegenüber, diese beiden Männer, der eine scheinbar ein Verlierer und erniedrigt, der andere siegesgewiß und selbstsicher.

»Rodolphe redete weiter von Ackerbau, Viehzucht, Düngen und dergleichen, und wenn einmal eine Pause eintrat, füllte er die Lücke rasch mit ein paar allgemeinen Redensarten, um nur ja keine unliebsame Anspielung aufkommen zu lassen. Charles hörte ihm gar nicht zu. Rodolphe bemerkte es schließlich und sah an seinem Gesicht, was in ihm vorging. Charles' Wangen röteten sich mehr und mehr, seine Nasenflügel blähten sich, seine Lippen zuckten. Einen Augenblick sah er den andern so finster und grimmig an, daß Rodolphe erschrak und mitten im Satz steckenblieb. Aber alsbald nahm Charles' Gesicht wieder den alten Ausdruck von Todesmattigkeit an.«

»Ich zürne Ihnen nicht!« sagt er, und Rodolphe bleibt stumm. Wie wagt es dieser Mann, ein Thema anzusprechen, daß er um jeden Preis zu vermeiden sucht? »Nein, ich zürne Ihnen nicht!« fährt Charles in aller Ruhe fort. »Das Schicksal ist schuld!«

Rodolphe, der »dieses Schicksal gelenkt hatte«, kommentiert Flaubert scharfsinnig, »fand ihn für einen Mann in solcher Lage doch etwas reichlich gutmütig, komisch sogar und ein wenig verächtlich.«

Man spürt die immense Anstrengung des Autors, sich nicht in Zärtlichkeit für die verlierende, gewöhnliche, schutzlose Person verstricken zu lassen. Fast möchte er Rodolphe Recht geben, dem doch in puncto Feigheit und Schwäche sehr viel mehr vorzuwerfen wäre. Die überhebliche Moral seiner Freunde, das Gruppenurteil der »Starken« würde ihm diese Nachsicht gegenüber der liebenswerten Sanftheit des Besiegten nicht verzeihen.

Sein innerstes Mitgefühl gilt Charles Bovary, aber nur insgeheim, man soll auf keinen Fall merken, daß er nicht hinreichend »unsittlich und rebellisch, aufrührerisch und skeptisch« ist.

Am nächsten Morgen setzt sich Charles auf die Gartenbank in der Laube, wo Emma und ihr Liebhaber sich küßten, während er schlief. »Sonnenlichter fielen durch die Gitter. Die Weinblätter zeichneten ihre Schatten auf den Sand. Der Jasmin duftete süß [...] Charles atmete schwer; und sein kummervolles Herz schwoll ihm wie einem Jüngling vor unsagbarer Liebessehnsucht.

Um sieben Uhr kam Berthe, die ihn den ganzen Nachmittag nicht gesehen hatte, um ihn zum Abendessen zu holen. ›Papa, komm doch!‹ rief die Kleine. Sie glaubte, er wolle mit ihr spaßen, und stieß ihn sacht an. Da fiel er zu Boden. Er war tot.«

Das ist der Tod eines Mannes, der sich nie gegen das Schicksal aufgelehnt hat, der sich entschieden hat, einen Menschen zu lieben, der ihm nur Böses antun konnte. Einer, der in das Leid verliebt war? Ein Masochist? Nein, denn es geht ihm nicht darum, Lust im Leiden zu suchen, sondern allenfalls darum, sich den tieferen und wirklicheren Gründen des Leidens zu ergeben.

In manchen Augenblicken erinnert uns Charles Bovary an Fürst Myschkin, den »Idioten«. Nicht zufällig hat Sartre sein umfangreiches Buch über Flaubert so genannt. Auch wenn Sartre sich nicht auf Charles Bovary bezog, sondern auf Flaubert selbst, der sich als Kind grundlos abseits hielt, kein Wort hervorbrachte und Opfer verheerender Zustände von Melancholie wurde bis hin zu epileptischen Anfällen (auch Dostojewski war Epileptiker) und deshalb »Idiot« genannt wurde. Und Flaubert hatte so gut gelernt, mit diesem Idioten zu spielen, daß er ihn zu einer Rolle machte *(l'idiot des salons)*.

»Mir träumte, daß ich mit meiner Mutter in einem großen Wald voller Affen spazierenging. Je weiter wir gingen, um so mehr wurden es: Manche lachten und hüpften auf den Ästen der Bäume umher; viele kamen auf unserem Weg daher, immer größere und immer mehr. Sie schauten mich alle an, und ich bekam es mit der Angst. Sie umringten uns in einem Kreis: einer von ihnen wollte mich streicheln und faßte meine Hand. Ich schoß ihm mit einem Gewehr in die Schulter, so daß er blutete; er stieß ein schreckliches Geheul aus. Da sagte meine Mutter zu mir: ›Warum hast du ihn verletzt, er ist doch dein Freund. Was hat er dir getan? Siehst du denn nicht, daß er dich liebt, daß er dir gleicht?‹ Der Affe schaute mich an. Es zerriß mir die Seele, und ich erwachte.«

Hier, in diesem überaus lebendigen prophetischen Traum Flauberts (1845, *Voyages*) gut fünf Jahre, bevor er *Madame Bovary* schrieb, glaubt man in Filigran die

Geschichte der komplizierten Beziehung des Autors zu seiner Romanperson zu erkennen.

Das Geschöpf aus Papier wird zum »Nachäffer« des Autors, imitiert ihn, spiegelt ihn, verfolgt ihn, bringt ihn zu sich selbst zurück, bis ihm angst wird. Flaubert ist von Widerwillen gepackt und fühlt sich bedroht. Die Affen-Person nimmt seine Hand und sieht ihm in die Augen. Nichts Aggressives oder Gewalttätiges, nur ein deutlicher Akt des Erkennens. Aber Gustave kann nicht ertragen, daß seine Person ihn so dreist mit sich selber konfrontiert. Er schießt auf sie und verwundet sie an der Schulter. (Man beachte, daß Flaubert, wie auch die Gruppe seiner Freunde, in bezug auf den Liebesakt die Formulierung »einen Schuß abfeuern« oder auch »mit dem Revolver schießen« benutzt).

Zu Tode getroffen, schreit Emma. Da fragt die Mutter: Warum hast du geschossen, sie ist eine Freundin von dir, und außerdem ist sie dir ähnlich. Diesem Dialog entnehmen wir, daß die Mutter weiß, was auch er weiß, aber nicht zugeben will: Der Affe gehört ganz fest zu ihm, ist ein Teil von ihm.

Nur Mutter und Sohn kennen das Geheimnis der Wandelbarkeit und Zerbrechlichkeit des Affen, nur Mutter und Sohn wissen, welchen Selbsthaß und welche Mordlust der Affe im Autor hervorruft.

»Du wirst es nicht empfinden«, schreibt er an Louise, »Du, die Du aus einem Stück bist, wie eine schöne Liebeshymne oder ein Gedicht. Ich bin eine Arabeske in einer Intarsienarbeit, da gibt es Teile aus Elfenbein, aus Gold und aus Eisen. Da gibt es welche aus bemalter Pappe. Da gibt es welche aus Diamant. Und es gibt auch welche aus Blech.« (*21./22. August 1846*)

Blech und Pappe erinnern an eine Bühne, an einen Vorhang, den es zu öffnen gilt. Sie erinnern an ein Theater und eine ganze Welt aus Erfindungen und Vorstellungen, die Flauberts Phantasie unwiderstehlich anzogen.

Wenn er nicht Schauspieler geworden ist, erklärt er uns, so nur, weil er genug Geld hatte, faul in einem Landhaus zu sitzen und in Ruhe zu schreiben, ohne sich um seinen Lebensunterhalt kümmern zu müssen.

»Zweifellos habe ich in irgendeinem früheren Leben dort [im Orient] gelebt. Ich bin sicher, im römischen Reich Direktor irgendeiner Wandertruppe gewesen zu sein, einer dieser Kerle, die in Sizilien Frauen kauften, um Schauspielerinnen daraus zu machen, und die zugleich Lehrer, Zuhälter und Künstler waren. Schöne Visagen sind das, in den Komödien des Plautus, diese Strolche, und wenn ich von ihnen lese, überkommt mich etwas wie Erinnerungen. Hast Du das manchmal verspürt, diesen Schauder der Geschichte?« (*4. September 1852*)

Dieses Bewußtsein eines ständigen unterschwelligen Gefühlstheaters macht ihn unsicher und schuldig in seinen eigenen Augen. Aber warum? könnten wir uns fragen. Was ist am Theater so verdammenswert?

Und hier stoßen wir auf das sehr starke Gefühl von Integrität, das mit seinem religiösen Streben nach einer geschlossenen und erkennbaren Ganzheit Flauberts utopische Träume beseelt. Theater bedeutet Zerstükkelung, Trennung von sich selbst, Karikatur, Doppelzüngigkeit. Und deshalb ist es zu verurteilen.

»Ich habe mich mit einem satten Überdruß und Abscheu vor mir selbst herumgequält.« (*12. Juli 1853*) »Ich verspüre keinerlei Bedürfnis, meine Memoiren zu schreiben. Meine Persönlichkeit stößt mich so ab, daß ich sie satt habe, und die Dinge um mich herum kommen mir abscheulich oder idiotisch vor.« (An Bouilhet, *24. August 1853*)

In Wirklichkeit hat Flaubert seine Memoiren sehr wohl geschrieben, nämlich mit diesen wunderschönen, gehaltvollen, tiefgründigen Briefen, die er in einem Guß hinwarf, oft gespickt mit Fehlern, und zweifellos voller Selbstironie und metaphorischer Klugheit.

»Ich bin wie die Alpenseen, die bei Talwind Wellen schlagen (bei dem, was von unten über den Boden heraufweht); doch die Gipfelstürme gehen über sie hinweg, ohne ihre Oberfläche zu kräuseln, und helfen im Gegenteil, den Nebel zu vertreiben.« (*28. Dezember 1853*)

»Ich bin mit allen Lastern geboren, einige habe ich radikal bekämpft und anderen nur geringe Nahrung gegeben [...] Ich habe ein hartes Herz, aber wenigstens ist es solide.« (*13. August 1854*)

»Du forderst Liebe, Du beklagst Dich, daß ich Dir keine Blumen schicke? [...] Such Dir doch dafür irgendeinen braven, frisch erblühten Jungen [...] Ich bin wie die Tiger, die vorn an der Eichel angewachsene Borsten haben, mit denen sie das Weibchen aufreißen.« (An Louise, *25. Februar 1854*)

»Etwas ist verkehrt in meiner Person und in meiner Berufung. Ich bin als Lyriker geboren und schreibe keine Verse. Ich möchte die, die ich liebe, mit Glück überschütten, und ich bringe sie zum Weinen.« (An Louise, *25. Oktober 1853*)

Was gab es Falsches an seiner Berufung, außer daß dies ein weiterer Stein war neben all den anderen, aus denen sich das Gebäude seines Schuldgefühls zusammensetzte?

»Ich für meinen Teil lache über alles, sogar über das mir Liebste.« (*27. März 1852*) Aber es ist ein kaltes, höhnisches Lachen.

»Ich bin mit einem Haufen Laster geboren, die nie die Nase zum Fenster hinausgestreckt haben. Ich liebe den Wein, ich trinke nicht, ich bin Spieler und habe nie eine Karte angerührt. Die Ausschweifung gefällt mir, und ich lebe wie ein Mönch. Ich bin im Grunde ein Mystiker und glaube an nichts.« (*8. April 1852*)

Das heißt: eingebildete Laster. Die natürlich sehr viel tadelnswerter und schlimmer sind als die wirklichen. Vor allem wenn sie bisweilen im eigenen Innern aufgeführt werden, auf der Bühne des Begehrens.

Der Affe Emma liegt auf der Lauer. Und Flaubert will denken, daß er sie nur deshalb drei Jahre lang bei sich behalten hat, um »seinen Geist zu üben«.

»Welch grausame Arbeit! Was für ein Verdruß! [...] Ah, die *Bovary*! Das Mittelmäßige gut beschreiben und erreichen, daß es zugleich sein Aussehen behält, seinen Zuschnitt, ja sogar seine Worte, das ist wahrhaft teuflisch!« (An Louise, *12. September 1853*)

»Die *Bovary* ist für mich nichts weiter als ein vorgefaßter Entschluß, eine Aufgabe. Nichts von dem, was ich liebe, steckt darin. Ich werde Ihnen in einiger Zeit etwas Gehobeneres in einem passenderen Milieu vorlegen.« (An Edma Roger des Genettes, *30. Oktober 1856*)

»Ich muß große Anstrengungen unternehmen, um mir meine Figuren vorzustellen und weiter, um sie sprechen zu lassen, denn sie sind mir zutiefst zuwider.« (An Louise, *26. August 1853*)

»Das Buch zeugt viel stärker von Geduld als von Genie, viel mehr von Arbeit als von Talent. Abgesehen davon, daß schon der Stil nicht sonderlich straff ist.« (An Louis Bouilhet, *5. Oktober 1856*)

»Die Moral der Kunst besteht in ihrer Schönheit, und ich schätze über allem zunächst den Stil und dann die Wahrheit. Ich glaube, daß ich in die Darstellung der bürgerlichen Sitten und die Schilderung des Charakters einer von Natur aus korrumpierten Frau soviel Literatur und *Anstand* wie möglich hineingelegt habe, bei dem gegebenen Thema natürlich. [...] Die gewöhnlichen Milieus stoßen mich ab, und gerade weil sie mich abstoßen, habe ich dieses in höchstem Maße gewöhnliche und unansehnliche gewählt. Die Arbeit hat dazu gedient, meine Hand geschmeidiger zu machen; nun auf zu anderen Übungen.« (An Louis Bonenfant, *12. Dezember 1856*)

Kurz, Flaubert distanziert sich von seiner Romanperson, ja, von seinen Personen. Er hat nichts damit zu tun, er hat sie sich nicht ausgesucht, sie nicht gewollt. Es waren seine Freunde, die ihn gedrängt haben, oder die Situation oder eine Wette, ein Vorwand, eine Herausforderung an sich selbst.

»*Madame Bovary* enthält nichts Wahres. Es ist eine vollkommen erfundene Geschichte. Ich habe weder von meinen Gefühlen noch von meinem Leben etwas hineingebracht. Die Illusion (wenn es eine gibt) kommt im Gegenteil aus der Unpersönlichkeit des Werkes. Es ist eines meiner Prinzipien, daß man sich nicht selbst beschreiben soll. Der Künstler muß in seinem Werk wie Gott in der Schöpfung sein, unsichtbar und allmächtig; man soll ihn überall spüren, ihn aber nirgends sehen.« (An Leroyer de Chantepie, *18. März 1857*)

»Beurteilen Sie mich nicht nach diesem Roman [...] Ich bin ein eingefleischter oder verknöcherter alter Romantiker, wie Sie wollen. Dieses Buch ist für mich eine Frage der Kunst und eines vorgefaßten Entschlusses. Nichts weiter [...] Es ist mir physisch schwergefallen, es zu schreiben. Ich möchte jetzt in weniger abstoßenden Umgebungen leben (oder wieder leben).« (An Sainte-Beuve, *5. Mai 1857*)

»Vergleichen Sie sich nicht mit der Bovary. Sie ähneln ihr kaum! Sie war weniger wert als Sie, sowohl was den Kopf als auch was das Herz betrifft; denn sie ist eine etwas perverse Natur, eine Frau der falschen Poesie und der falschen Gefühle. Meine erste Idee war, aus ihr eine Jungfrau zu machen, die in der Tiefe der Provinz lebt, im Kummer alt wird und so zu den letzten Stadien des Mystizismus und der erträumten Leidenschaft gelangt...« (An Leroyer de Chantepie, *30. März 1857*)

»Ich bin völlig erledigt [...] Ich hoffe, daß die *Bovary* in einem Monat ihr Arsen im Bauch hat. Ob ich sie

Dir schon beerdigt bringen werde? Ich bezweifle es.« (An Louis Bouilhet, *16. September 1855*)

Ist dies das letzte Opfer an die wohlklingenden Ideale der Freundschaft? Wird der gewaltsame Tod von Emma-Louise ihn endlich von einer Sklaverei befreien, die ihm in den Beziehungen zu seinen Freunden im Wege war?

Aber vielleicht muß man bis zu *Bouvard und Pécuchet* warten, um endlich zu begreifen, was männliche Freundschaft für Flaubert sein konnte: eine sehr zarte Verbindung, die, befreit von sexuellem Begehren, literarischen Ambitionen und gesellschaftlichen Beschäftigungen, mit ihrem sanften und tiefgründigen Wesen das ganze Leben eines Mannes auszufüllen vermag, ohne daß er irgend etwas entbehrt.

Durch den Tod des liebsten und engsten Freundes, Louis Bouilhet, den eine plötzliche Krankheit einem gemeinsamen Altwerden entriß, wurde der Traum unrealisierbar. Aber er verwandelte sich in eine große Phantasmagorie aus Papier. Und dorthin begibt sich unser Freund Gustave Flaubert, um ein Zuhause zu finden und zu sterben, weit weg von den bedrohlichen Affen, in einem stillen französischen Landgarten, wo er davon träumt, »in Marmor und Purpur zu wohnen, mit Diwanen aus Kolibrifedern, Teppichen aus Schwanenhaut, Sesseln aus Ebenholz, Parkett aus Schildpatt, Kandelabern aus massivem Gold oder Lampen aus ausgehöhltem Smaragd.« (*29. Januar 1854*)

Quellenangaben

Die Zitate wurden entnommen aus:
Gustave Flaubert, Madame Bovary
Aus dem Französischen von Hans Reisiger
Manesse, Zürich 7. Aufl. 1994

Gustave Flaubert, Die Briefe an Louise Colet
(Mit allen erhaltenen Briefen und Tagebuchnotizen von Louise Colet an Gustave Flaubert und einem Vorwort von Julian Barnes)
Aus dem Französischen von Cornelia Hasting
Haffmans Verlag, Zürich 1995

Alle übrigen Briefzitate wurden übersetzt nach der Ausgabe *Flaubert, Correspondance I–III* in der Bibliothèque de la Pléiade, Gallimard, 1973–1991

PIPER

Dacia Maraini

Stimmen

Roman. Aus dem Italienischen von Eva-Maria Wagner und Viktoria von Schirach. 497 Seiten. Leinen

Die Journalistin Michela Canova gerät durch den gewaltsamen Tod ihrer Nachbarin Angela in den Sog eines mysteriösen Mordfalls, dessen Aufklärung für sie zur fixen Idee wird. Als sie endlich hinter das furchtbare Geheimnis kommt, das Angela mit ihrer Schwester geteilt hat, merkt sie, wie tief sie zu den traumatischen Wahrheiten ihrer eigenen Kindheit vorgedrungen ist.

»Man möchte Dacia Maraini mit ihrer leicht unterkühlten, stets ein wenig ironischen Schreibweise in eine Reihe stellen mit den großartigen englischsprachigen Kriminalschriftstellerinnen wie Celia Fremlin, Barbara Vine alias Ruth Rendell, Margaret Miller oder auch Patricia Highsmith.«
Literatur heute

»Man sollte langsam lesen, genüßlich, an kleinen Straßenszenen, an Wortwechseln, an der Beschreibung von Menschen und Räumen haftenbleiben. Dann wird man auch in diesem Fall das enorme Talent der Sizilianerin begreifen und bewundern.«
Die Presse

PIPER

Julia Alvarez

Die Zeit der Schmetterlinge

Roman. Aus dem Amerikanischen von Carina von Enzenberg und Hartmut Zahn. 463 Seiten. Geb.

Die Familie Mirabal, mit ansehnlichem Wohlstand gesegnet, lebt auf einem karibischen Herrschaftssitz, umgeben von üppigen tropischen Wäldern und stattlichen Ländereien. Sie läßt nach außen nichts auf ihren Präsidenten kommen. Doch Patria, Minerva, Dedé und Maria Teresia, den vier schönen Töchtern Mirabal entgehen nicht die dunklen Schatten, die die grausame Diktatur Trujillos auf das Volk gesenkt hat.

»Im Dezember 1960 wurden drei Schwestern, die im Untergrund tätig waren, auf der Heimfahrt auf einer einsamen Gebirgsstraße im Norden der Dominikanischen Republik ermordet. Sie hatten ihre inhaftierten Männer besucht, die man tückischerweise in ein abgelegenes Gefängnis verlegt hatte, um die jungen Frauen zu zwingen, die gefährliche Reise auf sich zu nehmen. Nur die vierte Schwester, die nicht mitgefahren war, blieb verschont. Ich war noch ein junges Mädchen, als ich von dem ›Unfall‹ hörte, und seitdem gingen mir die Schwestern Mirabal nicht mehr aus dem Sinn.«
Julia Alvarez